KB150669

도서관 여행자

도서관
여행자

초판 1쇄 인쇄_ 2020년 02월 15일 **| 초판 1쇄 발행**_ 2020년 02월 20일
지은이_ 조암중학교 책쓰기닷컴 4기 • 배효주, 이다현, 백유나, 성지현, 장은경,
　　　　정민욱, 최서연, 최준혁, 장채은, 김동준, 정소영, 신유진, 박규민
표지그림_성지현 **| 엮은이**_이승아
펴낸이_진성옥 외 1인 **| 펴낸곳**_꿈과희망 **| 디자인 • 편집**_박경주
주소_서울시 용산구 한강대로 76길 11-12 5층 501호
전화_02)2681-2832 **| 팩스**_02)943-0935 **| 출판등록**_제2016-000036호
E-mail_ jinsungok@empal.com
ISBN_979-11-6186-064-0 43810

※ 책 값은 뒤표지에 있습니다.
※ 새론북스는 도서출판 꿈과희망의 계열사입니다.
ⓒPrinted in Korea. | ※ 잘못된 책은 바꾸어 드립니다.

도서관 여행자

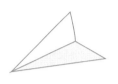

이승아 엮음

조암중학교 책쓰기닷컴 4기 지음

배효주
이다현
백유나
성지현
장은경
정민욱
최서연
최준혁
장채은
김동준
정소영
신유진
박규민

꿈과희망

　이 책의 제목은 '도서관 여행자'입니다. 우리는 도서관을 산책하면서 도서관에 이용자로, 아니면 그냥 스쳐 지나가는 사람으로 건물을 구경했던 경험이라 할지라도 도서관과 연결되면 글로 써 보았습니다. 도서관을 여행하듯, 도서관을 산책하듯 돌아보고 나서 그들의 생각을 담은 글을 구성해 보았습니다. 도서관이라는 건물의 피상적인 형태를 구경하는 대신, 도서관 안에 들어가서, 그곳에서 자신이 겪은 일, 자신이 자주 방문하는 도서관, 도서관에서 만난 사람들에 대한 이야기를 담았습니다.

　그리고 우리는 이 책의 후반부에는 여행자의 시각으로 중학생들의 마음을 여행하는 글을 묶었습니다.

　도서관 여행자에서 등장하는 도서관은 주로 대구에 있는 도서관들입니다. 그리고 학생들의 이동거리상 달서구에 있는 도서관들이 많습니다. 가까이서 경험한 도서관이 그들의 삶에서 앞으로 또 어떻게 달라진 의미로 다가갈지는 아직은 알 수 없습니다. 하지만 도서관이 가지는 의미를 조금은 이해하였습니다. 우리는 도서관을 여행하듯, 앞으로도 도서관을 많이 방문하리라고 다짐했습니다.

책의 두 번째 주제는 마음 여행자라는 주제를 붙여 보았습니다. 흔히 '중딩'이라 통칭되는 그들의 일상을 관찰해 보면 겉으로 보이는 일상의 단조로움 속에서도 정말 복잡한 여러 가지 생각과 감정을 경험하고 있음을 알 수 있었습니다. 아직 어리다고 마냥 공부만 하라고 내몰기에는 그들은 이미 자기만의 세계를 구축하기 시작한 하나의 인격체로 성장하고 있기 때문입니다. 그래서 우리는 도서관 여행자의 한 편에 중학생들의 마음, 일상, 그리고 그런 일상 속에서 느끼는 감정을 담아 보았습니다.

책을 내면서 자신의 원고를 다 마무리하고 또다시 문장을 다듬고 오타를 점검하는 눈이 아프고 힘든 작업에 기꺼이 참여해 준 멋진 중학생 친구들인 배효주, 신유진, 정소영, 이다현, 백유나, 성지현에게 감사의 인사를 전합니다. 많은 노력을 해 주었기 때문에 하나의 책이 탄생했습니다.

또한 각자의 글을 완성하느라 고생했던 장은경, 정민욱, 최서연, 최준혁, 김동준, 장채은, 박규민도 자신의 이야기를 완성하고 써 내려 가는 과정을 견디고 이겨 냈습니다.

책을 읽는 여러분은 도서관에서 어떤 경험을 하셨나요? 여러분에게는 의미 있는 도서관이 존재하나요? 중학생들의 눈으로 보는 도서관은 어떤 의미가 있을까요? 그들은 어떤 생각을 가지고 일상 생활을 하고 있을까요?

이 글을 통해 여러분만이 가지는 도서관을 찾아가는 출발점으로 삼으시길 바라며, 함께 저희의 글을 읽어 주시길 부탁드립니다. 그럼, 지금부터 도서관 여행, 마음 여행을 떠나 볼까요?

2020. 02. 이승아

도서관 여행자 _목차

마음 여행자 _ 목차

도서관을 읽다

배효주

목차

1. 프롤로그

집에서 멀리 떨어진 초등학교를 다닌 나는 항상 학교를 마치면 엄마가 데리러 올 때까지 엄마를 기다리며 학교 근처 도서관에서 책을 읽었다. 당시에 나는 학원을 다니지 않았기에 나를 데리러 온 엄마와 함께 또 다른 도서관을 찾아 가곤 했다. 그리고 주말이나 시간이 빌 때 아빠가 근무하시는 대학도서관에 가서 시간을 보내기도 했다. 엄마는 책을 좋아하셔서 내가 뱃속에 있을 때 책으로 태교를 하셨다고 했다. 그런 나에게 도서관은 남들에 비해 많이 친숙한 곳이었다.

초등학교 때에는 해양대회, 창의력대회 등을 준비하려고 선생님과 함께 여러 대학교 도서관을 찾아다니기도 하였다.

비록 내가 가본 도서관들이 다른 사람들이 유명하다고 찾는 예쁘고 특이한 도서관은 아니지만 나에게 있어서는 다른 멋진 도서관들보다 더 큰 의미가 있다. 그리고 나는 어느새 많은 추억까지 간직한

이 도서관들을 사랑하게 되었다.

나는 이러한 나의 경험을, 생각을, 느낌을 전하고자 한다. 거창한 것이 아닌 내가 느낀 작고 소소한 감정들, 경험을 즐겁게 읽어 주면 좋겠다.

2. 어렴풋이 기억나는 – 어린이집 도서관

어렴풋이 기억나는 어린이집의 도서관은 이 책을 읽는 분들이 상상하는 서가가 빼곡하고 의자들이 줄지어 있는 '보통의 도서관'과는 조금 다르게 생겼었다. 어린이집의 큰 대문을 지나 제일 어린 친구들이 지내는 별님반, 달님반을 지나고 급식실을 지나 2층으로 가는 작은 계단을 올라가면 6, 7세 어린이들이 지내는 해님반, 무지개반이 나왔다. 그리고 복도 제일 끝, 어릴 때는 마냥 신비로워 보였던 아주 큰 유리문 뒤에 나의 첫 '도서관'이 있었다.

처음 도서관에 조심스레 들어갔을 때 어리고 작았던 나보다 훨씬 큰 도서관에 놀라기도 했고 처음 보는 낯선 풍경들이 어렵기도 했다. 그 큰 도서관 안에는 아이들이 책을 쉽게 꺼내기 위해 아주 낮은 책 진열대가 여러 개 있었고 딱딱한 의자 대신 푹신하고 넓은 소파와 부드러운 카펫이 깔려 있었다. 나는 그 공간이 나만의 비밀스러운 공간처럼 느껴져 기뻐하며 도서관을 다녔고 친구들이 노는 동안 조용히 책을 읽곤 했다. 아주 어렸을 때라 기억이 잘 나지 않지

만 클래식 음악과 함께 부드러운 카펫에 앉아 책을 읽던 내가 어렴
풋 다가오기도 한다.

　그래서 이 도서관은 정말 어린 시절의 내가 처음 읽은, 아주 오래
전 하나의 책이 되었다.

3. 초보 도서관 여행자 시절인 - 와룡초등학교 도서관

　초등학교에 들어간 나에게 가장 놀랐던 것은 아무래도 '도서관'
이었다. 앞에서 말했듯 내가 어린이집에서 처음 읽은 나의 첫 도서
관은 초등학교의 도서관과 많이 달랐기 때문이다. 어린이집 때는 조
금 편하고 부드러운 분위기의 도서관이었다면 초등학교 도서관은
분위기도, 높은 서가와 두꺼운 책들에 적응도 안 되고 처음 뵌 사서
선생님도 엄한 편이셔서 저학년 때는 도서관을 잘 이용하지 않았다.

　하지만 고학년이 되고 나서 사서 선생님도 바뀌고 '초등학교'라
는 세상에 좀 더 익숙해져 조금씩 도서관을 이용하기 시작했다. 처
음 생각했던 넓고 딱딱한 도서관은 점차 아늑하고 행복한 공간이 되
었다. 그때부터 점심시간에 운동장만 나가던 내가 도서관에 들어가
살게 되었고 '도서관의 책을 다 읽겠다.'라는 다짐을 하며 열심히 책
을 읽어 학년말에는 '다독상'을 받기도 하였다. 특히 기분 좋았던 건,
도서관 우수 이용자상을 받았던 것이다. 내가 도서관 이용자 중 우
수자에 뽑혔다니 도서관이라는 내가 좋아하던 곳에서 인정까지 받
은 것이 더 기뻤다.

그렇게 즐겁게 도서관을 다니던 도중에 도서관 행사를 한다고 해서 친구들과 함께 즐거운 마음으로 도서관을 갔다. 선생님 자리, 복사기 위에 있는 행사 용지를 꺼내 친구들과 작성하고 사서 선생님께가 검사를 맡으려는 순간, 선생님이 화를 내셨다.

"이걸 하면 어떡해! 이건 다음 주 금요일부터잖아! 어디서 났어?"

놀란 마음에 나는 다급히 대답을 드렸다.

"선생님 복사기 위에 있어서 꺼내서 했어요."

그러자 선생님은 더 화를 내셨다.

"선생님 개인 자리에 있는 물건을 건드리면 어떡해! 기간 확인 안 했어? 이리 줘."

선생님 복사기는 선생님 개인 자리 안쪽이 아닌 완전 바깥쪽에 있었고, 거긴 도서관 이용자들이 앉는 소파에 더 가까웠기 때문에 전혀 모르고 체험을 했고, 수많은 도서관 이용자들이 나를 보고 있었다. 특히 내가 같이 오자고 해서 온 친구들에게도 미안했고, 또 어떻게 되었든 간에 내가 실수 한 것이 맞으므로 이런 복잡한 마음을 담아 나는 선생님께 말씀드렸다.

"선생님 저는 선생님 개인 자리인지도 모르고 오늘 그 체험일이 아닌지도 몰랐어요. 죄송합니다."

이렇게 말하고 체험 용지를 낸 후 도서관을 나왔다. 나온 순간부터 다시는 저 도서관에 못 들어갈 것 같다고 생각한 후 하루하루 학교생활을 해나가던 중 동아리 선택을 해야 할 시간이 되었고 나는 글쓰기를 좋아하기에 주저 없이 '글쓰기 동아리'에 들어갔는데 이럴 수가. 담당 선생님이 사서 선생님이었던 것이다! 그 사건 이후로 도서관에 잘 가지 않았고 그 후에 사서 선생님을 뵈는 것도 마음이 편치 않은데 동아리 시간마다 선생님을 뵈어야 한다는 것이 나에게는 큰 시련으로 다가왔다. 그리고 내가 걱정을 사서 하는 사람이기에, 선생님이

"여기 선생님 개인 자리에 손을 댄 학생이 있어요."

라고 날 소개하실까 봐 매우 걱정을 하며 동아리 첫 시간에 들어갔다. 하지만 내 예상과 달리 사서 선생님은 정말 친절하게 수업을 해주셨고 그 후로 용기를 얻은 나는 계속 도서관을 다니고 글을 쓰며 사서 선생님과 좋은 관계가 될 수 있었다. 그리고 심지어 우리 동아리의 글이 출판되기로 해 '인생의 열쇠-가치를 찾아서'라는 책을 출판하기도 했다.

이외에도 이 도서관에서는 방과 후 늦게까지 엄마를 기다린 것, 수업시간에 와서 좋아하는 '안중근 의사 책'을 읽었던 것, 대출증을 잃어버린 일 등 많은 일들이 있었고 그 일들은 내가 좀 더 좋은 '도서관 여행자'가 될 수 있게 만들어주었다.

그래서 이 도서관은 나의 초보 도서관 여행자 시절을 담고 있는 하나의 책이 되었다.

4. 셀 수 없을 만큼 많이 갔던 – 동네 주민 센터 도서관

나는 초등학교 때, 이사 가게 되면서 다니던 초등학교에서 더 멀

어지게 되었다. 부모님과 나는 전학을 생각해 보았지만 탁구부를 비롯한 여러 모임들, 준비하고 있던 여러 대회들을 마무리하고 오고 싶다는 생각이 커 고민 끝에 전학 가지 않고 졸업할 때까지 초등학교를 계속 다니기로 하였다. 어쩌면 나보다 더 번거로우실 부모님이 나의 결정을 따라주시고 도와주셔서 매우 감사했다. 그렇게 감사한 마음으로 즐겁게 학교생활을 하려고 했다.

그러나 거리가 멀어진 만큼 어려움도 따랐다. 여러 어려움이 있었지만 내게 있어 가장 힘들었던 점은 하교 후 엄마를 기다리는 것이었다. 방과 후 탁구 연습을 했어야 했기 때문에 마치는 시간이 항상 달랐다. 하지만 엄마가 먼저 와서 몇 시간씩 기다리게 할 수 없었기 때문에 나는 탁구를 치고 땀을 뻘뻘 흘린 채로 가방을 메고 학교 앞이나 다른 거리에서 하염없이 엄마를 기다리는 날이 많았다. 다른 탁구부원들은 집이 가까운 터라 나와 인사를 하고 각자 집으로 돌아가는 것을 보면 서러울 때도 있었다. 더군다나 맞은편에 중학교가 있어서 엄마를 기다리고 있을 때쯤이면 우르르 몰려나오는 중학생들을 보고 지레 겁을 먹기도 하였다.

이런 날들이 몇 번 반복되고 나니 엄마께서 먼저 제의를 하셨다.
"주변에 도서관이 있는데 거기서 기다리는 게 어때? 여름이니까 땀 흘리면서 기다리기 힘들잖아."

마침 더위에 지쳤던 나는 신나서 그러기로 했고 다음날, 학교 마치고 바로 그 도서관을 찾아갔다. 그렇게 찾아갔는데 이럴 수가! 마침 월요일이라서 문을 열지 않은 것이다.

결국 도서관의 닫힌 문만 보고 돌아온 다음 날, 다시 도서관을 찾아갔고 그날은 다행히 문이 열려 있었다. 투박한 철제문을 활짝 밀고 들어갔는데 정말 놀랐다. 에어컨을 빵빵하게 틀어 줘서 너무 시원했던 것이다. 남들이 들으면 웃을 수도 있겠지만, 당시 운동을 너무 힘들게 하고 다시 몇 분을 걸어서 도착한 터라 시원한 것만으로 감사했다.

하지만 그 후로 걱정이 밀려왔다. 나는 혼자 도서관에 찾아간 것이 처음이기도 하고 낯선 도서관에 여러 학교의 학생들, 어른들, 그리고 많은 사람들이 도서관에 있었기 때문이다. 물론 다들 각자 책에 집중하고 있었지만, 혹시 누군가가 내가 뭘 하는지 유심히 지켜보는 것 같아서 신경 쓰였다. 그리고 혹시 내가 내는 작은 소리가 그들의 독서를 방해할까 싶어서 어색하고 부자연스럽게 행동했다.

그래서 도서관에 들어가자마자 제일 가까이 있는 책을 꺼내 들었고 읽는 둥 마는 둥 하였다. 그렇게 방과 후 매일 도서관에 가다 보니 도서관에 조금씩 익숙해지기 시작했고 천천히 책도 고르고 읽기 시작했다.

그리고 이 도서관이 나에게 큰 변화를 주었다. 도서관을 다니기 전에는 그냥 가벼운 주제의 짧은 소설을 즐겨 읽었었는데 도서관을 다니고부터 『주홍 글씨』, 『죄와 벌』, 『테스』라는 유명한 작품들을 접하게 되었다. 방과 후에 엄마를 기다리며 그렇게 도서관을 다니던 중 어느 날은 탁구부의 한 친구와 함께 가게 되었다. 혼자가 아닌 친구와 함께 가면서 책도 같이 읽고, 서로 책을 추천해 주고 그리고 그 친구와 함께하는 시간이 더 많아지면서 정말 친한 친구가 되었다.

하지만 이렇게 소중한 도서관에서 나는 연체를 하게 된다. 내 인생 중 처음으로 도서관에서 연체를 했기 때문에 더 기억에 남는다. 책 하나를 빌리고 반납을 해야 하는데 책 자체를 잃어버리고 만 것이다. 그래서 '다시 사서 반납해야지.' 라고 계속 생각만 하다 그만 새로운 중학교로 입학하면서 그 사실마저 까맣게 잊고 말았다. 그러다가 얼마 전에 새로 구입해서 반납했고 몇 달 동안 이 도서관에서는 책을 빌릴 수 없게 되었다.

이와 같이 어릴 때 살았던 동네 도서관은 나의 초등학교 시절의 기억과 추억이 가득하다. 내가 고전에 눈뜨게 된 계기가 되었고, 가장 친한 친구를 사귀게 된 곳이기 때문이다.

번외로 얼마 전 이 도서관을 다시 찾아가 보았는데 마치 내 초등학교 시절의 책장을 다시 넘겨보는 기분이었다. 그대로 있는 서가와 책들, 의자와 책상 구조, 사서 선생님까지. 마치 다시 초등학교 때로 돌아간 것 같았다. 그곳의 공기마저도 그런 포근함을 안겨 주었다.
그래서 이 도서관은 나의 초등학교 시절 방과 후를 나타내 주는 하나의 책이 되었다.

5. 강아지와 예쁜 정자가 있는 - 서재의 작은 도서관

　매일 똑같은 도서관을 다니던 나에게 엄마가 하루는 다른 도서관에 가 보자고 하셨다. 보통은 나를 데리러 오시면 내가 있던 도서관에서 함께 책을 읽거나 집으로 돌아가는 것이 전부였는데 이날부터 엄마와 나, 그리고 내 동생 효은이와 함께 하는 도서관 여행이 시작된 것이다.

　엄마가 처음으로 우리를 데리고 간 도서관은 서재에 있는 '작은 도서관'이었다. 도서관 이름처럼 그리 크지는 않은 도서관이었지만 그래서일까, 더 생생하게 그 도서관의 구조와 가는 길, 도서관 앞의 모양까지 모조리 다 기억이 난다. 아마 거기서 많은 것들을 보았기 때문이 아닐까라고 생각한다.

　우선 도서관으로 들어가는 길에 도서관 옆 건물에 키우는 강아지. 강아지라 부르기에는 좀 많이 크지만 개라고 부르기에는 너무 귀여웠으므로 나와 효은이는 '강아지야-'라고 불렀다. 특히 그 당시 어린이집을 다니던 내 동생은 그 강아지가 마음에 들었는지 그 도서관을 '강아지 도서관'이라 부르기도 했다. 이렇게 도서관에 들어가기 전부터 우리를 반겨주는 강아지에 그 기억이 더 잘 나는 것 같기도 하다.

　또 하나, 주차장에 주차를 하고 나서 도서관 입구로 걸어가다 보면 나오는 정자.

사실 이곳은 정자가 있기에는 생뚱맞고 부자연스러운 장소였지만, 내 눈엔 너무 예뻐서 생생히 기억난다. 도서관에서 내가 좋아하는 역사 관련 책을 읽고 난 뒤 도서관을 나오면서 그 정자를 지나칠 때마다 나는 책 속 장면을 상상해 보기도 했다. 그러면 책 속 조선의 왕과 왕비, 선비를 그 정자에서 만날 수 있었다.

　　또 이 도서관에는 조용히 있는 게 힘든 어린 아이들을 위한 어린이 전용 방이 있었는데, 그 방에서 나는 어린 동생과 숨은 그림 책 찾기 놀이도 했었다. 그 시간만큼은 나와 내 동생이 절친이 되어 함께 숨은 그림들을 찾아냈다.

　　그리고 이 도서관이 기억에 남는 또 다른 이유! 바로 내가 읽은 책 중 나름 충격적이었고 여러 생각을 안겨 준 책을 여기서 만났기 때문이다. 바로「나비부인」이라는 소설이다. 그때까지 내가 읽어 온 사랑 관련 책들은 다 풋풋하고 서로를 열정적으로 사랑하고 서로를 위해 목숨을 바치는 등 이상적인 사랑의 모습을 보여 주었다. 그리고 거의 대부분 해피엔딩으로 끝나며 두 남녀 주인공이 행복하게 사는 것으로 대게 마무리되었다.

　　하지만 이 책은 많이 달랐다. 사랑의 비극이 있었으나 결국 마지막까지 사랑해서 사랑하는 사람 앞에서 자결한 나비부인의 모습은 당시 나에게 큰 충격과 새로운 생각을 안겨 주었다.
　　또 그 책과 더불어 읽은『투란도트』,『라 보엠』,『라 트라비아타』등의 책은 오페라와 연결시켜 책을 읽는 재미까지 나에게 선물해 주었다.

그래서 강아지와 정자를 떠올리게 해 주는 이 도서관은 엄마와 동생과 즐겁게 책을 읽으며, 나비부인을 만나는 내가 있는 또 하나의 책이다.

6. 아빠와의 추억이 있는 - A대학교 도서관

어린 시절, 엄마와 동생이 급하게 가야 할 곳이 있고 날 돌봐 줄 분이 계시지 않은 날. 나는 아빠의 일터에 가게 되었다. 아빠는 대학 도서관에서 일하시기 때문에 그 어린 시절의 내가 가장 먼저 참아야 할 일은 바로 '조용히 하는 것'이었다. 처음 몇 분은 그나마 버틸 만 했지만 그 당시 나는 어렸기 때문에 잠시도 버티지 못하고 몸을 배배 꼬고 집에 가고 싶어 했다. 아빠도 일을 하셨기에 나를 보러 자주 오시지 못하였고 오실 때마다 힘들어하는 날 보시고 더 힘들어하셨다. 그렇게 왔다 갔다 하시다 어디서 구해 오신 건지 모를 몇 권의 짧은 책을 들고 오셨다. 할 일이 워낙 없었던 나는 그 책들을 매우 반겼고 지금은 내용도 기억 안 나는 여러 권의 동화를 열심히 읽었다.

그렇게 아빠가 퇴근하실 시간이 되고 아빠와 단 둘이 손잡고 도란도란 얘기를 나누며 밤의 대학 캠퍼스를 걸으며 집으로 갔던 기분 좋은 기억이 있다.

그리고 중학교에 들어온 지금, 아빠는 직접 추천하시거나 내가 부탁한 책들을 가지고 오신다. 지금 읽으면 재미있고 이해가 잘되는 내용이 그 어린 시절, 대학교 책꽂이에 꽂힌 걸 보며 왜 그렇게 어려워했는지 지금도 덜덜 떨던 나를, 지루해하던 나를 생각하면 피식 웃게 된다. 중학교에 들어와서 또 아빠가 일하시는 곳에 간 적이 있는데 이제야 비로소 책들이 친숙해 보이기 시작했다.

이렇게 이곳의 대학 도서관은 일을 하는 아빠와 나의 철없던 시절, 긴장해 있던 내 모습이 있는 책이 되었다.

7. 동화 구연의 세계를 알게 해 준 – 장미 공원 도서관

'도서관은 책을 읽는 곳'이라는 나의 생각을 바꿔 준 도서관이 바로 이곳이다. 초등학교 2학년인 나는 그 당시 여름방학을 즐기고 있었다. 아무 생각 없이 그저 쉬기만 하던 어느 날, 엄마가 나에게 새로운 제안을 하셨다.

도서관에서 '동화 구연'을 방학 중에 특별히 가르쳐 주는데 이 강의를 들어보자는 것이었다. '동화 구연'이라는 새로운 세상이 궁금해진 나는 기꺼이 하겠다고 하였고, 일사천리로 나는 동화 구연을 배우러 그 도서관을 매주 다니게 되었다. 집에서 멀지도 가깝지도 않은 애매모호한 그 거리를 나와 엄마 그리고 내 동생은 한여름날 매주 걷게 된 것이다. 해가 머리 위에서 우리를 약 올리는 그 거리를 걸으며 동화 구연을 신청한 것을 후회하게 되었다. 그리고 겨우 도착해서 동화 구연을 배우러 강의실에 들어갔을 때 또 한 번 후회했다.

다른 사람들은 다 아는 친구들과 함께 신청을 해 옹기종기 모여 있던 것이다. 안 그래도 낯을 가리는 나는 혼자 동떨어져 앉은 것도 서러운데 이들 앞에서 여러 차례 발표해야 한다는 사실에 다시 한번 깊이 '동화 구연'을 신청한 것을 후회했다. 그렇게 수업은 시작되었고 나는 아무런 기대 없이 수업을 듣기 시작하였다.

TV 속 드라마처럼 엄청난 반전으로 그 수업이 쏙 마음에 들고 당당하게 앞에 나가 발표한 것은 아니었지만 느낌을 살려서 여러 글들을 그 상황에 맞게 소리 내어 읽는 것은 그때까지 소리 내어 읽은 적이 별로 없던 나에게는 꽤 흥미롭고 새로운 시도였다. 비록 매주 그 수업에서 계속 낯을 가리긴 했지만 조금씩 목소리를 키우며 글을 읽었고 점점 재미가 들려 더 즐겁게 글을 읽기 시작했다. 이 강의를 듣고 자신감을 얻은 것은 둘째 치고 책을 읽을 때 좀 더 주인공에 공감할 수 있게 되어 강의에 만족하게 되었다. 그래서 항상 강의를 듣고 난 후 강의실 옆, 책 읽는 곳에서 곧바로 책을 빌려 그날 배운 것을 써먹어 가며 마음속으로 열심히 책을 읽는 것은 나의 또 다른 재미가 되었다.

또 도서관 바로 옆에 '장미공원'이라는 여러 종류의 장미로 꾸민 공원이 있었는데, 당시 만발한 장미들을 보고 그 사이를 걸으며 나만의 동화 속으로 빠져들기도 하였다. 특히 이 공원에서는 어린왕자의 장미를 자주 떠올리고 공상에 빠지곤 했는데, 그때마다 내 주위의 수많은 장미가 내게 말을 걸 것만 같았다.

이렇게 즐겁게 동화 구연을 배우며 도서관을 다니고 있는 와중에, 동화 구연을 가르치시는 선생님께서 동화 구연 대회에 나가보자고 하셨고 난 한 번 더 새로운 도전을 하게 되었다.

오래전이긴 하지만 아직까지 그 책이 뚜렷하게 기억이 난다. 김영자 작가님의 「아기 박의 꿈」이라는 책이었는데 아기 박이 달님과 대화하며 자신의 꿈을 찾는 그런 내용이었다. 사실 대회를 준비하기까지 '적은 수의 사람들 앞에서 발표하다가 여러 사람 앞에서 잘할 수 있을까.'라며 긴장하기도 했지만 하나의 동화를 나만의 목소리로 전달하는 것에 호기심이 가 하게 되었고 다행히도 모두들 잘 들어주셨다.

또 그 대회장에 가서 다른 사람들이 하는 발표를 들어보는 것도 재밌는 추억인데, 특히 그중에서 내 기억에 오래 남는 글은 '100번째 국밥 손님'이라는 글이었다. 이 글은 유명해서인지 하시는 분들이 꽤 많았다. 하지만 놀라웠던 것은 발표하시는 분마다 전달되는 느낌이 다 달랐다는 것이다. 같은 내용의 글이었지만 그것을 표현하고 전달하시는 것은 모두들 다르셨고 각자의 전달은 다 달랐기에 더 푹 빠져들 수 있었다.

이 도서관에서는 평상시 도서관에서 자주 하던 '책 읽기'보다는 '동화 구연'을 더 많이 했던 것 같지만 그럼에도 책을 읽은 것만큼 많은 것을 느끼게 해 주었고 책과 반대로 직접 경험할 수 있었던 것도 많았다.

그래서 이 도서관은 책장 하나하나를 넘길 때마다 여름의 햇빛과 장미의 향기가 느껴지면서 내게 '동화 구연'이라는 새로운 것을 알려 주고 또 그 추억을 담고 있는 또 하나의 책이다.

8. 달달한 허니브레드의 향기가 느껴지는 - 초장 교회 도서관

여러 도서관을 다녀보던 중 엄마와 교회에 있는 도서관에 가 보기로 하였다. 미리 말하자면 나와 엄마는 기독교를 믿는 사람은 아니기에, 도서관을 목적으로 교회에 갔고 교회는 들어가 보지 않은 채 바로 도서관에 가 보았다. 사실 교회의 도서관이라고 해서 난 '하나님', '십자가' 등을 떠올리며 종교적인 책이 많은 '신성한' 느낌의 도서관이라 생각했다.

하지만 그런 나의 예상과는 달리 여느 다른 도서관과 비슷했고 오히려 더 많은 종류의 책을 읽을 수 있었다. 특히 이 도서관은 영어로 된 책이 많아서 원서들도 많이 접해 볼 수 있었다. 이 도서관에서 「오페라의 유령」 등 여러 책을 읽어 보았지만 사실 여기서 기억에 가장 많이 남는 책은 한 만화책이다.

이 만화책의 내용은 '인어공주' 동화를 현대화해 만들어 낸 만화책이었는데 그 이야기를 너무 현실성 있게, 몰입해서 읽을 수 있게 잘 풀어놓았다. 또 만화책이라고 해서 가볍게 생각할 분들도 계시겠지만 소설 못지않은 깊은 이야기를 시각적으로 풀어놓기까지 하여 그 책이 제일 기억에 남는 것 같다. 이 책과 더불어 내가 지금까지 간 도서관 중 가장 많고 다양한 책을 접해 볼 수 있었기에 이 도서관은 참 기억에 남는다. 특히 다양하게 읽어본 영어 책들은 나에게 새로운 책의 세계를 열어 주기도 하였다.

그리고 내가 이 도서관을 가장 좋아하는 결정적 이유가 하나 있다. 바로 도서관과 연결된 카페 때문이다. 카페 곳곳에 책들이 놓여 있고 책을 읽으시는 분들을 위해 가사가 없는 클래식들만 틀어, 조용히 책도 읽고, 쉴 수 있는 그런 도서관이다. 특히 교회 맨 위층에 위치하기 때문에 경치도 좋고, 특유의 따뜻한 분위기와 은은한 커피 냄새, 특별히 마련된 야외 테이블 등 모든 게 내 맘에 쏙 들고 나를 편안하게 해 주기에 내가 가장 좋아하는 도서관이자 카페가 되었다.

또 책을 빌리고 와서 달달한 허니 브레드, 갓 구운 따뜻한 초코 머핀, 달달한 초코 라떼 등을 먹으며 카페에서 책을 읽을 수도 있다는 것이 나의 마음뿐 아니라 나의 입까지 훔쳤다. 이 도서관은 특히 나와 엄마, 단 둘의 늦은 저녁 조용하고 편안한 분위기의 기억들이 많고 우리에게 소중한 사람들과 함께한 행복한 기억들이 있기에 내가 가장 좋아하고 자주 찾는 도서관과 카페인 것 같다.

이렇게 이곳은 그 무엇보다 나를 편안하게 해 주고 행복하게 해 주는 도서관이었다. 그래서 이 도서관은 카페의 맛있는 디저트들과 엄마와의 한가로운 저녁의 행복을 나타내는 하나의 책이 되었다.

9. 방대한 자료에서 보물을 찾는 즐거움을 알게 된 - 또 다른 대학교 도서관들, 대구중앙도서관

초등학교 시절의 선생님 중 한 분은 감사하게도 나와 또 다른 친구 몇몇을 데리고 여러 대회의 경험을 하게 해 주셨다. 그때의 여러 경험은 지금 나에게 많은 도움을 주었기에 지금 생각해도 그 선생님께는 매우 감사하는 마음이 든다. 하지만 그 대회가 항상 즐겁고 신나는 경험만 있었던 것은 아니었다. 힘들고 포기하고 싶었던 적도 매우 많았고 실제로 많이 주저앉기도 하였다.

그러나 그런 많은 일들은 어찌 되었든 나를 좀 더 단단하게 만들어 주었고 다양한 방식의 지혜를 터득하게 되었다. 특히 여러 도서관에 가서 책을 찾아 직접 정보와 지식을 찾는 것은 나에게 큰 도움을 주었다.

사실 그때까지 나는 조사 관련 숙제, 무언가 찾는 과제를 받으면 인터넷만 뒤적거렸다. 인터넷에 몇 개의 검색어를 검색해 보고 그 중에 몇 가지의 글을 읽고 그것들을 조합해 끄적거려 과제를 내곤 했다. 새로운 지식이나 정보를 찾거나 조사하는 것은 매우 힘들고 어려운 이야기로 들렸기 때문이다. 특히 내가 관심 없는 분야라면 더욱 조사는 힘들어졌다.

그런 내가 선생님과 함께 대회를 준비하면서 보고서를 쓰거나 실험 방법 등을 찾을 때 도서관에 가게 된 것이다. 처음에는 이 일들이 힘들고 번거롭게 느껴지기도 했는데 하면 할수록 인터넷보다 더 방대한 양의 정보를 가지고 우리를 도와주는 책들이 고맙기도 하고 지금껏 인터넷만 찾던 나로서는 신기하기도 했다.

특히 내 기억에 남는 책은 해양 관련 대회를 할 때 찾아봤던 『해양생물학』이라는 책이다. 대구중앙도서관에 가서 다 같이 해양 관련 책을 찾고, 각자 책을 몇 권씩 맡아 정보를 찾고 한데 모으기로 했다. 내가 읽은 책에서 중요한 정보를 찾지 못하면 아예 그 정보를 놓치는 것이니 다른 때보다 더 긴장해서 책을 읽으며 찾은 정보를 정리했다. 그렇게 책을 읽으면서 정보를 하나하나 찾아 정리해 가는 것도 재밌었지만 친구들과 정보를 나누고 정리하는 것 또한 재밌었다. 또 도서관을 돌아다니며 우리가 필요한 정보와 관련된 책들을 찾는 것은 보물찾기를 하는 것처럼 재밌었다. 지금까지 어려웠던 조사도, 논문이나 두꺼운 사전들도 모든 게 재밌게 느껴졌다.

그래서 이렇게 다녔던 여러 대학교 도서관들과 대구중앙도서관은 나와 그때 팀원들, 선생님이 함께 열심히 우리만의 보물을 찾던 추억을, 재미를 나타내는 또 하나의 책이 되었다.

덧붙여, 궁금한 게 있으면 책부터 찾게 해 주고 또 다른 좋은 경험들을 하게 해 주신 선생님께 감사드린다. 또 함께 보물찾기를 한 진희, 다현이에게도 수고했고 고맙다고 말하고 싶다.

10. 가장 남달랐던 - 통영의 봄날의 책방

이번 도서관은 지금까지 나의 추억을 담은 도서관과는 조금 다른 곳이다. 우리 가족이 함께 '일주일에 한 번, 당일치기로 국내 여행 다녀오기' 프로젝트를 할 때 즈음, 엄마가 통영에 가자는 제안을 하셨고 우리는 그렇게 통영에 가기로 했다. 엄마는 나와 동생 효은이에게 가고 싶은 곳을 정리하라는 말씀을 하셨고 나는 열심히 통영을 검색했다. 여러 관광 명소가 나오던 중, 나는 '봄날의 책방'이라는 관광 명소를 보았다. 일단 흔히 알던 '도서관'이 아닌 '책방'이라는 것에 끌렸고, 또한 '봄날의 책방'이라는 서정적인 책방 이름, 사진에 나온 커다란 나무 밑의 소박하지만 아기자기하고 예쁜 책방의 모습에 이끌려 '봄날의 책방'에 가게 되었다.

처음 도착했을 때는 사진으로 본 것보다 더 작은 모습에 놀라기도 하였으나 책방에 들어간 순간 더 놀라게 되었다. 바다가 있는 '통영'에 맞게 하나의 방은 바다 컨셉으로 되어 있었고 또 다른 방은 오래된 옛날 방 컨셉으로 통영의 작가들의 소개와 함께 책이 곳곳에 꽂혀 있었다.

그중에서도 내 마음에 든 방은 깊은 바다 속에 빠진 것 같이 벽면이 모두 오묘한 푸른색 방이었다. 깊은 바다 속과 같은 작가들의 깊은 생각, 영감, 고뇌를 옮겨 놓은 듯 예쁘게 배치되어 있는 책들, 고풍스러운 느낌을 주는 안락한 소파와 천을 덮은 탁자. 그리고 오래된

오르간. 가장 눈길을 끈 흰 커튼이 달린 창문 옆에 있는 심플한 CD 플레이어와 그걸 들을 수 있는 헤드폰. 그리고 거기서 나오는 잔잔한 음악과 바다 소리는 그 방을 더 아름답게 해 주었다. 각 방마다의 분위기에 휩싸여 우리는 여러 가지 책들과 책방을 둘러보았고 각자 책 한 권을 사, 그 책 한 권에 책방의 추억을 담아왔다.

이 책방은 지금까지 내가 생각한 '도서관'이나 '책방'의 고정관념을 깨주고 새로운 아름다움을 나에게 선물해 주었다. 그래서 이 책방은 말 그대로 통영의 봄날을 담고 있는 바다 냄새나는 또 다른 책이 되었다.

11. 나에게 도서관이란

지금까지 여기 나온 도서관 말고도 다른 많은 도서관을 가 보았고, 지금도 다니고 있는 중학교의 도서실에서도 많은 경험이 있었다. 어떻게 보면 다 비슷비슷해 보이는 도서관이겠지만 그 도서관마다 소소하지만 특별한 나만의 추억들이 다 있었고 그 추억들로 인해 도서관 하나하나는 나에게 소중하게 다가왔다. 그 도서관에 나만의 추억이 쓰인 것이다.

그래서 난 나에게 있어 도서관은 또 다른 하나의 책이라고 생각한다. 도서관 안의 많은 책들을 읽을 수 있기도 하지만 그 도서관에서만 가질 수 있는 경험, 느낄 수 있는 감정이 담겨져 있는 커다란 책. 이 책 안에 그 도서관에서의 일들, 같이 간 사람들, 그날의 분위기, 읽은 책들이 있고 그래서 그 도서관들을 볼 때마다 그 내용이 떠오르게 되는 것이다. 다 다른 내용이지만 다 다른 이야기라서 책 하나하나가 소중하고 즐겁다. 나는 앞으로도 이런 책들을 계속 써 내려 갈 것이다. 새로운 책을 만들어 내기도 할 것이고 원래 있던 책에 새로운 내용을 더 넣게 될지도 모른다.

나는 계속해서 도서관을 여행하며 나만의 책을, 기행문을 써 내려 갈 것이다. 이것이 내가 도서관을 여행하는, 나의 책을 여행하는 방식이자 그 모든 것이다.

사실 나는 초등학교 때 동아리에서 책을 내 본 적이 있다. 그래서 이번 과제를 받았을 때도 그리 부담되지 않는다고 생각했다. 이미 한 번 해 봤으니까. 하지만 막상 컴퓨터 앞에 앉아 보니 12살, 그 나이 때보다 생각이 더 많아졌다. 한 문장, 한 문장을 써 내려갈 때마다 좀 더 생각을 하게 되었고 어떻게 하면 그 생각들을 담을 수 있을지 고민하게 되었다. 그러니까 글은 언제든지 써도 어려운 거 같다. 내가 원하는 감정, 생각을 어떻게 하면 가장 정확히 전달할 수 있을지……. 나이가 들수록 더 고민이, 생각이 많아지니까. (고작 2살 많아졌을 뿐이지만)

'도서관 여행자'라는 주제를 받았을 때도 생각이 많아졌다. 나의 도서관 이야기를, 생각을 어떻게 하면 전달이 잘 되고 어떻게 하면 사람들에게 무언가 울리게 할 수 있을까. 거창하게 생각했던 것 같다. 그러다가 좀 더 쉽게 글을 쓸 수 있게 된 것은 '여행자'라는 말에 초점을 두었을 때다. 뭔가 알려 주고 진중한 의미를 전달하고 싶다고 생각해 쓸데없는 생각을, 고민을 많이 했었다. 하지만 '여행자'라는 말을 좀 더 오래 보았을 때, 마음이 한결 가벼워

졌고 문장은 한결 간단해졌다. 무언가 깨우치게 하기보다, 사람의 마음을 움직이려 하기 보단 내가 여행했을 때의 생각, 느낌을 가볍게 풀려고 노력하기 시작했기 때문이다. 그렇게 내 여행의 기억을 하나하나 풀다 보니 저절로 기분이 좋아졌고 글을 쓰는 시간은 오히려 힐링의 시간이 되었다.

이렇게 기분 좋게 글을 쓰며 알게 되었다. 멀고 특별한 곳이 아닌 우리 주변의 작은 도서관만으로도 작지만 특별한 나만의 경험을 할 수 있다는 것을. 그래서 다른 이에게도 도서관 여행을 추천한다. 그리고 이런 '도서관 여행자' 같은 것이 가이드 여행처럼 생기면 좋겠다고 생각했다.

그리고 이 글을 읽는 사람 중 도서관을 좋아하지 않는 이가 있다면, 그들에게는 이렇게 말해 주고 싶다. 도서관만이 아니더라도 그 사람에게 있어 무언가 특별한 추억을 얻게 된다면 그것이 여행이라고 생각한다.

내가 좋아하는 유명한 랩퍼인 김하온은 인생은 여행이라고 했다. 여행이라는 인생에서 자신만의 여행을 다른 사람도 꼭 해 보면 좋겠다. 나의 작지만 특별했던 도서관 여행처럼.

글 쓰면서 즐겁기만 한 것은 아니고 힘들고 내가 실수한 부분도 많았는데 이렇게 또 하나의 글을 완성하게 되어 기쁘다. 또 이런 기회를 주신 선생님께 감사하고 이런 기회를 함께하는 우리 동아리 부원들 모두 수고했다고 말하고 싶다. 마지막으로 많이 부족한 이 글을 읽어 주신 분들에게 정말 감사하다고 말씀드리고 싶다. 모두 자신만의 여행가가 되어 나름, 인생을 여행하길 바란다.

어릴 때부터 집안에만 있는 것을 좋아하는 집순이 기질을 보인 탓에 어린이 시절에도 항상 집에서 책만 읽고 엄마와 조용히 노는 것을 좋아했다. 그러다 초등학교라는 세계에 들어가게 되고 다양한 친구들을 만나고 탁구부, 방송부를 하게 되면서 점점 밝은 성격을 가지게 되고 그 누구보다 활발한 성격을 가지게 되었다. 또 이때도 책 쓰기 동아리에 들어가 책을 한 권 출판했었다.

하지만 중학교를 올라오며 새로운 낯선 동네에 오게 되어 잠시 주춤하고 다시 낯을 가리게 된다. 그렇게 새로운 동네에 온 것을 후회하며 중학교를 다니던 도중, 초등학교에서만큼 좋은 친구들을 만나게 되었고 도서부, 탁구부를 하면서 그 누구보다 즐거운 학교생활을 하는 중이다.

이렇게 현재는 세상에서 제일 좋은 우리 엄마, 아빠 그리고 매우 귀여운 내 동생 효은이 그리고 작고 많은 구피들과 함께 즐겁게 살아가고 있다. 이따금씩 학원, 시험 등 현실적인 문제들로 힘들어하기도 하지만 아직은 즐거운 게 더 많은 긍정적인 사람이다.

비로소 '나'

이다현

목차

1. 설렘 가득 안고서

12월 25일, 그러니까 크리스마스 날이었다. 눈이 오지 않는 화창한 날씨, 남색 롱 패딩을 입고선 동대구역으로 향했다. 등 뒤 가벼운 검은 배낭만이 함께하는 조촐한 여행이었지만, 기차를 탄다는 그 사실만으로도 심장이 뛰었다.

역에 도착해 기차를 기다리는 아침. 역시 햇빛이 쨍해도 겨울은 겨울인지 입에서 하얀 입김이 새어 나왔다. 입김이 몽글몽글 오르다 곧 사라졌다. 퍼져가는 입김을 바라보다 저 멀리 밝은 아침임에도 불구하고 양쪽에 밝은 빛을 뿜내며 들어오는 기차로 시선을 돌렸다. 곧 끼익하는 괴기한 소리를 내며 정차한 기차가 문을 열었다. 문 입구에 줄 서 있는 사람들 사이에 서 기차에 탑승했다.

혼자 가는 여행에 옆자리의 주인공은 누구일까 궁금했지만, 아무도 타지 않았다. 내심 다행이라고 생각하며 패딩을 벗었다. 가방도 내려놓고 미리 사놓은 생수를 한 모금 마셨을까, 기차가 서서히 출발했다.

멀미가 너무 심해서 기차가 움직이자마자 의자를 뒤로 살짝 빼고 눈을 감았다. 노곤한 기분이 온몸을 감쌌다. 그리고 다시 눈을 떴을 때는 내 옆으로 한강이 지나가고 있었다. 처음 보는 풍경은 아니었지만, 투명한 창문에 두 손바닥을 대고 눈을 반짝이며 풍경을 구경했다.

어느새 한강을 거의 다 지나고 서울역에 도착했다. 내리자마자 보이는 수많은 사람들과 웅장한 크기의 건물 때문에 감탄을 감출 수 없었다. 서울역 역시 한두 번 와 보는 것이 아니었다만 이 정도로 많은 사람들이 역 안에 꽉 차 있는 것은 처음 보는 풍경이었다.

사람들 사이를 이리저리 비집고 역을 나왔다. 화창하고도 쌀쌀한 날씨였다. 목에 두르고 있던 목도리를 다시금 꽉 감았다. 눈동자 안에서는 거대한 건물들과 넓은 도로들을 빼곡히 메우는 차가 있는 대도시의 향연이 펼쳐졌다. 알 수 없는 향기로 마음이 가득 찼다. 설레는 발걸음으로 지하철을 타러 지하로 내려갔다.

지하철 역시 만만치 않게 포화상태였다. 많은 사람들로 이미 복잡해진 머리가 더 복잡한 지하철 노선도를 맞이하니 잠시 정지해 버렸다. 그러다 다시 정신을 차리고 휴대전화를 켜 길을 찾아봤다. 4호선을 타고, 동작역에 내려서…… 9호선 환승. 정확한 정보에 만족하고 휴대전화를 껐다.

지하철을 타고 도착한 곳은 스타필드 코엑스몰이다. 서울에 오면 꼭 들르려 노력하는 몇 안 되는 장소 중 하나이다. 새하얀 하늘을 향해 곧게 펼쳐지고 있는 위압적인 건물들이 보였다. 가방을 바로 고쳐

메고 코엑스몰 안으로 들어갔다. 문을 열고 들어가자 가장 먼저 나를 반겨 주는 것은 따뜻한 공기였다. 사이사이 살얼음이 끼어 있는 것마냥 차갑던 두 볼이 서서히 원래 제 온도를 찾아간다. 푸근한 느낌에 한껏 참고 있었던 숨을 그만 몸 밖으로 내보낸다.

코엑스몰은 다양한 상점들로 채워져 있었다. 옷 가게, 화장품 가게, 다양한 음식을 파는 식당들이 가득 차 있는 모습은 왠지 모르게 내 마음을 편하게 만들었다.

예쁘고 멋진 물건들이 많고, 그만큼 탐이 나는 물건들도 많았으나 어서 빨리 그곳에 가고 싶은 마음이 욕구를 꾹 눌렀다. 여러 사람들을 구경하면서 발걸음을 조금 더 안으로 옮겼을까, 사람들 말소리가 갑자기 늘어나는, 많은 사람이 모여 있는 한곳이 눈에 들어왔다. 직감적으로 저곳이 내가 찾던 그곳이라는 걸 느끼고 방향을 틀었다.

압도적인 크기와 그 크기만큼의 신비로움. 내가 도착한 이곳은 '별마당 도서관'이었다.

별마당 도서관은 대구에서 서울까지 오게 한 이유이자 원동력이었다. 이 도서관을 처음 본 건 이년 전이었다. 지금처럼 서울을 자주 오지도 않을 때였다. 몇 년에 한 번 찾아오는 서울 관광 기회를 잡고선 해도 뜨지 않은 새벽부터 자동차를 타며, 멀미약까지 먹어가며 왔었다.

그날은 아직도 선명하게 기억나는 정말 행복했던 날이었다. 조선왕조의 찬란한 궁전, 살아 숨 쉬는 국립중앙박물관. 모든 것들이 조화롭고 완벽했다. 하지만 그중에서도 으뜸이었던 것은 '별마당 도서관'이었다. 저 멀리 우주까지라도 닿을 것 같은 서가, 커다란 서가 안에 꽂힌 셀 수 없는 책들.

그 모습은 마치 책 폭포 같았다. 직접 가 보지는 않았지만, 화면으로 수없이 보아왔던 나이아가라 폭포가 내 눈앞에 생생히 펼쳐지는 것 같았다. 그 이후로 '별마당 도서관'은 나에게 굉장히 의미 있는 장소로 마음속에 남았다.

회상을 끝내고 선반 위에 올려진 책들부터 구경했다. 베스트셀러와 신간 도서들이 가득 쌓여져 있었다. 사람들은 그 선반에 따닥따닥 붙어 책을 구경하고 있었다. 나도 다른 사람들과 똑같이 선반에 딱 붙어 책들을 구경했다.

까슬한 종이의 질감이 좋아 계속 책들을 만지작거렸다. 베스트셀러 코너에서 보다 신간 도서들이 소개되어 있는 곳에서 내 취향의 책들을 많이 발견했다. 새로운 책을 읽는 일은 언제나 즐거운 법이니까. 책을 한참 뒤적였더니 어느새 시간이 훌쩍 가버렸다. 한참을 도서관에 있었지만 설렘은 식을 줄 몰랐다.

2. 꿈을 그리던

나에게 의미 있는 장소, 도서관은 서울 말고 대구에도 존재한다. 설립 당시 외면 받고 흉물 취급받았던 눈물겨운 역사가 있는 도서관, '범어 도서관'이다.

어렸을 적 범어 도서관 근처 도보 10분 거리 아파트에 살았던 나는 주말마다 꼭 이 도서관을 방문했다. 처음 범어 도서관을 보았을 때, 조그마한 몸으로 느꼈던 거대한 건물의 느낌을 아직도 지금 일어난 일처럼 생생히 기억한다.

커다란 큐브같이 생긴 외형과 그 뒤에 자리한 높은 아파트들.

"우와……"소리 밖에 안 나왔던 그때, 초등학교의 작은 도서관 외에 처음 가 본 도서관이었기 때문에 더욱 신기했었던 것 같다.

건물의 외관도 충격이었지만 도서관 안에서도 나는 충격을 감출 수 없었다. 학교 도서관의 몇 배는 되어 보이는 규모와 책들이 수많은 서가에 듬성듬성 꽂혀 있는 모습이 놀라웠다. 그저 놀라움에 입만 쩍 벌리고 구경했었던 것 같다. 그때부터 범어 도서관을 좋아하게 되었고 그만큼 자주 가게 되었다. 좋아한다는 단어보다 존경스럽다는 단어가 더 걸맞을 지도.

내가 범어 도서관을 의미 있는 장소로 꼽고, 또 고마워하는 이유는 여러 가지가 있다. 가볍고 얇지만 많은 교훈이 되었던 청소년 소설에서부터 무겁고 두껍지만 수많은 질문과 호기심을 친절하게 풀어 주었던 교양서적까지. 넓은 독서 스펙트럼을 이룰 수 있었던 이유는 범어 도서관 덕이다. 또 도서관에서 수많은 책을 읽으면서 올바른 독서 습관도 지니게 되었다. 예를 들면 책 한 문장 한 문장을 천천히 곱씹으며, 이해하며 읽게 된 것. 생에 처음으로 도서 대출증을 만들어 본 곳도 이곳 범어 도서관이다.

그리고 가장 고마웠던 점은 바로 진로에 대한 부분이다. 범어 도서관을 자주 가면서 점점 책을 좋아하게 되었고, 그것이 점점 자라서 내 꿈은 작가가 되었다.

작가가 되겠다고 결심하고 난 후에도 항상 범어 도서관에 가 이책, 저 책을 읽으면서 '나는 이런 책을 쓰는 작가가 되어야지', '이 책에 나와 있는 문체로도 글을 써 보고 싶다', '이런 전개가 재미있구나', 이렇게 많은 고민을 했었다. 결론적으로 그런 행동들이 내 꿈에 정말 많이 도움이 되었고, 내가 어떤 길을 가야 하는지 분명히 알게 되었다. 이렇게 글로 써 보니 범어 도서관에서 얻은 것이 정말 많은 것 같다.

그 이후 다른 동네로 이사를 가게 되어서 더는 주말마다 범어 도서관을 갈 수는 없었지만, 시간이 될 때마다 꼭 한 번씩은 꼭 들렀고 여전히 내 마음속 감명 깊게 남아 있다.

3. 깊은, 아름다운 우주가 펼쳐진

그래, 나는 이사를 갔었다. 인생의 두 번째 이사였다. 첫 번째 이사는 내가 정말 어렸을 적, 그러니까 세 살, 네 살 때 즈음에 일어난 일이어서 체감상으로는 두 번째 이사가 첫 번째 이사와 같았다. 10년 정도 살아온 집을 떠나 이사 오니 어색한 것 투성이었다. 꽤 먼 거리를 이사 온 탓에 친한 친구도 없었고 동네 지리도 잘 몰랐다. 그래서 무작정 동네를 탐험하러 밖으로 향했다.

아파트 앞 대로변을 구경하고, 한참을 더 걸어 다른 동까지 갔었다. 근처 마트도 보고, 여러 초등학교, 중학교 위치도 확인해서 이만 만족하고 돌아가려 했을 때, 바로 '달서 가족 문화 도서관'이 보였다. 깜짝 놀라고 반가운 마음에 바로 횡단보도를 건너 도서관 안으로 들어갔다.

들어가자마자 보이는 초등 자료실. 유리문 건너로 보이는 아이들이 귀여워 살포시 웃었다. 그리고 종합자료실로 가기 위해 2층으로 올라갔다. 2층으로 올라가자 오른쪽에 종합자료실이 보였다. 문을 밀고 안으로 들어가니 생각보다 많은 서가와 책들에 살짝 놀랐다. 새로 생긴 건지 시설도 깨끗하고, 마음에 들었다. 천천히 서가 사이를 돌아다니며 무슨 책이 있는지 구경했다.

그중 가장 눈에 띄는 곳은 과학 교양서적이 있는 서가였다. 공교롭게도 그즈음 내가 한창 물리학에 관심을 두고 있었던 때여서 더 흥미로웠다.

책을 쓱 보다 카를로 로벨리의 『모든 순간의 물리학』이라는 책을 골랐다. 상대적으로 얇았고 그만큼 읽기 쉬울 것이라고 생각했기 때문이다. 그리고 그 책을 두 시간 만에 다 읽었다.

그때부터 나는 물리학에 빠져 살았다. 너무 작아서 눈으로 볼 수도 없는 입자에서부터 너무 넓어 얼마나 넓은지 파악할 수도 없는 우주까지. 수많은 책을 읽으면서 많은 지식을 얻었다. 기본적으로 수학과의 연관을 피할 수 없는 학문이었지만, 최대한 수학적인 부분을 제외하고 열심히 이해하려고 노력했다. 여러 동영상을 보면서 공부하기도 했고, 인터넷 강의도 들으면서 이해를 도왔다. 그러다 보니 점점 책을 완전히 이해할 수 있게 되었고 그럴수록 더 흥미가 돋았다. 이 정도로 열정을 보이며 내 의지로 열심히 공부했던 과목은 거의 처음이었기 때문에 더 노력했던 것 같다. 결국 몇 달간은 도서관에 콕 박혀 물리학 책만 주야장천 읽었다.

가끔 넓은 우주에 관한 책을 읽으면 내가 한심하게 느껴질 때도 있었다. 마치 내가 떠돌아다니는 먼지보다도 못한 존재인 것 같아서. 한창 상실감이 들었을 때도 있었는데, 그럴 때일수록 내가 나를 사랑해야겠다는 생각을 하게 되었던 것 같다. 도서관에서 책을 읽으며 우리가 살고 있는 우주의 지식도 얻었지만, 무엇보다도 내 마음속 우주가 조금 더 성숙해지고, 확장되어 갔던 것 같아 뜻깊었던 나날이었다.

4. 과거형이 아닌 현재형

모든 일들이 추억으로 남은 지금, 과거에도 항상 나는 도서관과 함께했었지만 지금도 역시 그러하다. 이 글을 쓰고 있는 순간까지도 도서관과 함께이니까. 지금 나와 함께 소중한 시간을 보내고 있는 도서관은 바로 내 방에 있다. 하얀 책상 위에 딸려 있는 작은 선반에 가득히 채워져 있는 책들. 모두 내가 한 번씩 읽어보고 마음에 쏙 든 책들만 모아놓은 나만의 베스트셀러 코너다.

책상 선반이 생각보다 넓어서 많은 책들이 들어가는데, 지난날 좋아했던, 지금도 좋아하는 물리학 서적들, 『평행우주』, 『모든 순간의 물리학』,『상대성 이론이란 무엇인가?』라는 책들이 꽂혀 있고, 소설『데미안』,『살인자의 기억법』,『여행의 이유』,『ME BEFORE YOU』그리고 국어사전도 꽂혀 있다. 그 외에도 여러 교양서적, 잡지나 이때까지 공부했던 것 중 재미있게 풀었던 문제집들을 모아놓기도 했다.

침대 바로 옆에 있는 선반이 꽉 차 있는 것을 보면 마음이 든든하다. 먹지 않아도 배부른 느낌이란 말을 믿는 편이 아니었지만, 이 모습을 완성한 이후로는 이 말을 이해하게 되었다.

책상에서 시선을 돌려 창문 너머를 보았다. 밖에는 비가 툭툭 내리고 있다. 땅에 내리는 물줄기가 거침없다. 창문과 방충망을 열어 날씨를 온몸으로 느꼈다. 늦여름인데도 불구하고 잘 가시지 않던 더위였는데, 샤워 한번 하니 조금 시원해지는 듯하다. 방금 창문을 열었는데, 찬 공기가 방안에 들어와 가득 찼다.

움푹 파인 거리에 모인 물웅덩이. 그 물웅덩이에 내리는 빗줄기를 보니 다시금 추억들이 떠오른다. 한 방울 떨어지니 별마당 도서관이, 두 방울 떨어지니 범어 도서관이, 세 방울 떨어지니 달서 가족문화 도서관이, 네 방울째 되니 지금 내 곁에 있는 책들이 생각난다.

떨어진 빗줄기가 모여 저런 물웅덩이를 만들어 낸 것처럼, 지금 이 자리에 서 있는 나도 여러 경험들이 모였기에 존재하는 것이겠지? 만약 내 곁에 도서관들이 없었다면, 책들이 없었다면 지금의 내가 될 수 없었을 것이다. 도서관에서 보냈던 나날들, 책들과 함께 지냈던 시간들이 있기 때문에 비로소 '나 자신'이 완성될 수 있었다. 도서관들이 여러 책들로 나를 최선의 경로에 안내해 주었다.

아직 덜 채워진 물웅덩이같이, 아직 미완성인 나를 조금 더 옳은 방향으로 나아갈 수 있기 위해서, 나는 계속 도서관을 여행할 것이다.

후기

과연 내가 장문의 글을 쓸 수 있을까? 실력이 많이 부족할 텐데⋯⋯. 이런 걱정이 많이 앞섰는데, 끝내고 나니 기분이 뿌듯하기도 하고, 섭섭하기도 한 것 같습니다. 늦은 걱정이기는 하지만, 뭔가 이상한 것 같아서 걱정이 되기도 합니다. 제 글은 여러 도서관을 여행하면서 경험과 지식을 가지게 되었고, 그것이 쌓여 비로소 제가 되었다는 이야기를 담고 있는 글입니다. 아직 미숙하고 어색한 글이지만, 열심히 썼으니까 재미있게 읽으셨으면 좋겠습니다. 그리고 끝까지 제 글을 읽어 주신 분들 너무 감사드립니다.

 글을 쓰는 것도, 책 읽는 것도 좋아하는 15살, 중학교 2학년 생활을 열심히 하고 있는 학생입니다. 평범하고, 또 평범한 생활을 좋아하지만, 인생의 특별한 추억을 남기고 싶어 책 쓰기에 도전하게 되었습니다. 항상 긍정적이면서 비판적인 면을 놓지 않으려고 노력하고 있습니다.

도서관을 여행하다

백유나

목차

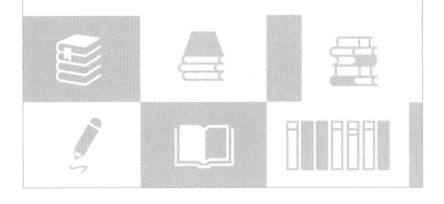

1. 이 글을 시작하기 전

이 글은 내가 살아오면서 처음 접해 본 도서관과 경험해 본 도서관에 관한 이야기들을 담은 글이다. 누군가가 보기에는 나의 행동이 이해가 가지 않는다거나, 공감을 할 수 없을지도 모른다. 하지만 이 글은 온전한 나의 경험이자 추억이며 생각과 느낌이다. 이 글을 읽더라도 부담없이 편안하게 자신의 경험을 떠올리거나 내가 겪었을 그 당시의 기분과 상황 등을 머릿속으로 그려 가며 읽어 주었으면 좋겠다.

2. 최초의 도서관

꼬꼬마 시절 나는, 책을 붙들고 살았다. 아무것도 모르던 시절이니 책을 꼭 읽어야 한다는 의무감조차 없었다. 그저 책을 펼치기만 하면 이곳저곳 다 가 볼 수 있고, 이것저것 다 느낄 수 있다는데 홀려

매일같이 책을 꺼내 들었다. 부모님의 말씀에 의하면, 내가 글을 모르던 때부터 부모님은 책을 읽어 주셨다고 했다. 글을 모르니 할 수 있는 건 그림을 보고, 소리를 듣는 것뿐이었지만 언젠가부터 들었던 대로, 그림을 보고 생각나는 대로 마구 말하기 시작했고, 그러다 보니 나는 글을 읽을 수 있게 되었다.

아마 내 짧은 인생에 있어 처음으로 가 보았던 도서관은 아파트에 딸린 작은 도서관일 것이다. 어떻게 보면 도서실이라고 해야 할 정도로 작고 좁은 크기의 공간이었지만, 그곳에서 모임을 가지시는 어머니를 졸졸 따라가 가장 끝자리에서 책을 펼쳤다. 그때의 내가 가장 좋아하던 책은 메리 폽 어즈번의 『마법의 시간 여행』이었다. 도서관에 있는 만화책을 제외하고 내가 읽을 수 있는 몇 안 되는 책들 중 하나였고, 시리즈도 많았으며, 관리하시던 분이 매번 신권이 나올 때마다 들여온 덕에 한 권 앉아서 읽고 다섯 권 빌려 오고 반납하고를 반복했다.

품고 있는 내용은 다르지만, 기본적인 스토리는 일정했다. 남매가 숨겨진 나무 위 오두막으로 올라가, 책을 펼치고 주문을 외면 책 속 세계로 들어가 탐험하고 오는 내용이었다. 나는 처음 읽었을 때부터 완전히 책에 매료되었다. 책 속에 들어간다니! 얼마나 놀랍고 신기했는지, 한 글자 한 글자 읽을 때마다 머릿속으로 장면이 하나씩 하나씩 그려졌다. 나도 책 속으로 들어간다면 어떨지 상상하면 매번 심장이 두근거렸다. 이 신비한 책에 빠진 나는 정확히 몇 번인지는 기억이 잘 나지는 않지만, 꽤 길고 오랜 시간 동안 이 시리즈를 반복하여 읽었다.

3. 나의 집, 작은 도서관

하지만 내게도 이보다 가깝고 작은 도서관이 딱 하나 있었는데, 그건 바로 우리 집이었다. 우리 집에 방문한 사람들이 꼭 한 마디씩 했는데, 이는 수많은 책들을 보고 하는 감탄사였다. 거실 한쪽 벽면, 그러니까 다른 집의 소파 뒤에 위치한 벽이 우리 집은 벽에 고정한 책장 여러 개로 들어 차 있었다. 방마다 한쪽 벽면은 책장이었고, 커다란 책장들은 모두 다 책으로 꽉꽉 들어 차 있었다. 어떻게 보면 책 속에서 살았다고 하는 편이 맞을 것 같기도 하다. 심심하면 소파에 앉아 책을 읽었고, 지루하면 책을 쌓아 집을 만들어 놓았고, 낙서를 할 때는 책 속의 귀여운 그림을 보고 그렸다. 가끔 생각나 여기저기 전달하는 정보들은 모두 책에서 접한 것들로, 오죽하면 어머니께 가장 자주 전하는 말이 "엄마, 내가 책에서 봤는데……"라는 말들이 었으니, 그만큼 나에게 미치는 책의 영향이 컸다고 보면 될 것 같다.

그 이후로도 꾸준히 책을 많이 읽게 되다 보니 자연스레 나름 책을 많이 읽었다고 자부하는 시기가 오면서, '그럼 나도 글을 한번 써 볼까?'라는 생각이 자주 들기 시작했다. 어릴 때부터 책을 읽으며 내용을 머릿속에 그려왔듯이, 내가 적어 보고 싶은 이야기와 상상들도 쉽게 머릿속에 그려졌다. 이미 학교에서도 대회나 과제로 자주 글을 써 본 적이 있었지만, 그때와는 달랐다.

학교에서 적는 글은, 정말 원해서 쓰기보다는 어쩔 수 없이 제출하는 형식에 맞춘 딱딱하고 단순한 글이었다면, 이건 내가 쓰고 싶을 때 마음 내키는 대로, 생각나는 대로 적으면 되는 일이었고, 무엇보다 가장 편안하고 익숙하고 안락한, 나의 집이자 나의 작은 도서관에서 쓰면 되는 것이었다.

생각이 여기까지 도달하자, 나는 곧장 실천으로 옮기기 시작했다. 처음에는 짧고 가벼운 내용으로 종이를 접어 만든 조그마한 책에 적기 시작했고, 다음은 얇은 공책, 또 다음은 두꺼운 공책, 그리고 컴퓨터와 휴대전화까지.

쓰면 쓸수록 내용은 깊고 넓어져 갔고, 사소하게 떠오르는 아이디어들은 휴대전화 메모장 속에 키워드로 차곡차곡 쌓여 갔다. 물론 내 실력이 아주 출중한 것은 아니라 대부분 혼자 쓰고 혼자 고치는 일이 잦았지만, 가끔씩 만족스러운 내용으로 잘 쓴 글 두어 개 정도는 동생에게 보여 주며 타인이 내 글을 보고 어떻게 느끼는지 보기도 했다.

나는 글쓰기에도 금방 스며들었고, 한참 글쓰기에 빠져 있을 때에는 혼자 상상하며 생각하는 데 빠져 어머니께서 "왜 자꾸 멍 때리고 있느냐."라는 꾸지람도 자주 들었다. 자주 생각하는 만큼 떠오르는 것도 많아 여기저기 종이 귀퉁이라도 메모해 놓을 것이 필수였는데, 기억력이 썩 좋지 않은 편이라 자주 까먹어 아쉬운 적이 수없이 많았다.

4. 네 곳의 학교 도서관

나는 초등학생 때, 초등학교만 세 곳을 다녔기 때문에 지금 다니고 있는 중학교까지 포함하면 다닌 학교 도서관이 총 네 곳이다. 첫 초등학교는 입학하고 1년 후 신설 초등학교가 생겨 옮겼고, 세 번째 초등학교는 이사를 하며 옮기게 되었다.

첫 초등학교는 오래되고 낡은 곳이었다. 얼마나 오래되었냐면, 어머니의 친구 분도 그 학교 졸업생이라고 한다면 설명이 충분할 것 같다. 그만큼 서가도 낡고, 책도 성치 못한 상태인 게 많았지만 1학년이던 내가 읽고 싶고, 읽을 수 있는 책의 범위는 한없이 좁았기 때문에 나는 괜찮았다.

사실 가장 처음으로 다니던 학교이다 보니 남아 있는 기억이 많거나 온전치는 않지만, 내 기억 속의 도서관은 거의 대부분의 곳이 나무로 이루어져 있었다. 모두 칠이 벗겨지거나 부서져 낡은 형태를 하고 있으면서도 나름의 정을 가진 곳이었다. 나는 주말에 가끔 놀러 가 푹신한 소파에 엎드려 얇은 소설책 몇 권을 읽거나, 어머니께서 갑자기 데리러 오시는 일이 생겼을 때 기다리는 짧은 시간에 좌탁 앞에 쭈그려 앉아 이야기를 몇 개 펼치곤 하였었다. 비록 남아 있는 기억이 많지는 않지만 소소하고 작은 추억을 만들어 준 고마운 곳이었다.

두 번째 초등학교는 신설 초등학교였다. 첫 학교의 도서관은 1층의 별관이었는데, 두 번째 학교의 도서관은 2층이라 조금 색다른 기분이었다. 첫인상은 '넓다', '책이 많다' 정도였고, 느낀 감정은 '신기하다', '재밌다' 정도였던 것 같다.

1학년 때와 달리, 긴 시간 동안 같은 도서관을 다니다 보니 자연스레 많은 책을 접하게 되었는데, 그렇게 빠졌던 책이 하야미네 가

오루의 『괴짜 탐정의 사건노트』이다. 발견하게 된 건 정말 우연이었는데, 두껍고 긴 시리즈의 책이 정리되어 있어서 어떤 내용일지 궁금해 훑어 보다가 긴 시리즈를 다 읽고 말겠다는 오기가 생겨 읽기 시작한 책이었다.

하지만 워낙에 인기가 많은 책이다 보니 내가 읽고 싶어 하는 편의 책이 들어오지 않은 경우가 많았고, 그렇게 나의 야심찬 계획은 무너지고 말았었다. 그렇게 한 책에 대한 관심이 사라질 때쯤, 고희정의 『어린이 과학 형사대 CSI』에 빠지게 되었다. 아마 잠시 재미있다고 느껴지는 책이 드물어질 때쯤, 도서관 끝 쪽 서가에서 발견한 책이었는데 시리즈의 앞쪽 몇 권을 읽어보고 난 후에 바로 이 책에 관심이 생겨 읽기 시작했었다.

하지만 내가 간과했던 점은 이미 이 시리즈 또한 인기가 많은 책들이었다는 것이다. 읽고 싶은 편이 들어와 있지 않은 경우가 많았고, 들어오더라도 다시 순식간에 나가는 바람에 읽고 싶어도 읽지 못하는 슬픔이 생긴 것이었다. 결국 내가 선택한 건 부모님께 말씀드리는 방법이었다.

어릴 적부터 부모님이 자주 말씀하셨던 말은 "다른 원하는 건 고민해 보겠지만, 책이라면 언제든지 고민 없이 사 줄게."라는 말이었다. 고민하던 도중에 순간적으로 그 말이 번뜩 내 머릿속을 스쳐 지나갔고, 부모님께 말씀드려 나는 당시 시중에 나온 시리즈를 모두 구입해 읽었다. 그렇게 마지막 권인 30권이 나올 때까지 나는 자주 서점에 연락하여 새 권이 나왔는지 확인을 했고 그 결과 학교 도서관보다 배로 먼저 시리즈를 완성할 수 있었다.

마지막 권에서 더 이상 다음 권이 나오지 않는다는 소식을 접하고, 조금 섭섭했지만 나는 그 책은 추억으로 묻어 두기로 했다. 그리고 얼마 후, 나는 조앤 K. 롤링의 『해리 포터』에 푹 빠지게 되었다. 처음 읽기 시작한 이유는 주변 어른들의 "유나가 평소 책을 좋아하니까 해리 포터도 한 번 읽어보지 않을래?"라는 권유에 의해서였다.

하도 주변에서 많이 권유해 주셨고, 점점 호기심이 생겨 '도대체 어떤 내용이라서 다들 그러실까' 하고 도서관에서 책을 꺼내 들었다가 나는 그만 새롭고 광활한 세계를 맛보았고, 바로 빠져 버리고 말았다. 그것도 정말 심하게 좋아진 나는 책을 모조리 외울 정도로 읽고 말았고, 이로 인해 영어 원서를 보면 모르는 단어가 수도 없이 빽빽했지만 뜻을 말할 수 있는 수준에 이르렀었다. 책 하나로 남들은 쉽게 하지 못할, 특별하고 다양한 경험을 해 본 것이다.

마지막으로 내가 졸업한 초등학교에는 도서관이 2층에 자리 잡고 있었다. 교실이 3층이었기에 도서관에 자주 들렀다 다니기에 한결 편안했다. 이때도 가장 좋아하던 책이 꾸준히 『해리 포터』라서 계속 『해리 포터』를 자주 빌려 읽었다.

이곳에서 겪은 여러 경험 중, 친했던 친구들의 방과 후 수업이 끝나길 기다리며 넓은 유리창 앞에 앉아 쏟아지는 나른한 햇볕을 쬐며 책을 읽는 경험은 아주 소중하게 남아 있다. 도서관에서 최대한 조용히 있기 위해 연습장에 하고 싶은 말을 적어 친구에게 보여 주며 대화를 이어나간 적도 있었는데, 가끔 친구와 다시 만나 연습장을 보며 추억을 회상하곤 했다. 뿐만 아니라 대회를 이것저것 나간다고 필요한 자료를 찾기 위해 대회를 담당하시던 담임 선생님과 도서관에서 책을 찾으면서 시간을 보낸 적도 있었다. 대회 준비를 하던 당시에는 조금 힘들었지만, 지나고 나니 재미있고 소중한 경험으로 남아 있다.

그 후 나는 초등학교를 졸업하고, 중학교에 입학하게 되었다. 오고 싶었던 1지망에 오게 되어 좋았지만 제대로 알고 있는 게 없어 조금 걱정도 되었던 것 같다.

우리 학교의 도서관을 처음 본 건 우리 학교에 발을 디딘 첫 날인 예비 소집일이었다. 인솔을 담당하시던 선생님께서 길을 잘못 들면서 우연히 도서관을 보게 되었는데 넓은 유리창 건너로 보이던 도서관은 나를 들뜨게 했다. 2학년인 지금 도서관을 자주 다니며 우리 학교 도서관의 다양한 발달된 행사와 관련 대회를 알게 되었다. 행사로는 주기적으로 유명한 책을 쓰신 작가님을 초청하여 직접 뵙는 것, 책과 관련된 퀴즈를 맞히고 상품을 받는 것, 축제 때 다양한 종류의 부스를 운영한 것 등이 있고, 대회는 인문학 책을 읽고 발표 자료를 만들어 발표하는 것 등이 있다. 직접 여러 개에 참가해 보며 책에 관심을 가지고 책과 관련된 긍정적 효과를 주는 다양한 체험을 할 수 있는 좋은 기회를 제공받을 수 있었다. 초등학교에 다닐 때보다 더 향상된 수준의 다양한 체험 덕에 특별한 경험과 추억도 많이 쌓을 수 있었다.

5. 빈 공터에 생긴 도서관

내가 두 번째 초등학교를 다니던 해에, 학교 뒤쪽 울타리 건너편에 새 도서관이 들어온다는 소식을 접하였다. 그 학교를 다니기 시작할 때부터 텅텅 비어 있던 공터였기 때문에 나는 그 소식을 믿을 수가 없었다. 사람의 손길이 닿지 않은지 오래되어 보였고, 갑자기 들리는 소문으로 접하게 된 소식인지라 의아했다. 반신반의하면서도, 실제로 그곳에 도서관이 생긴다면 다른 곳보다 가깝고, 소장되어 있는 책도 수없이 많을 터라 내심 그곳에 도서관이 생기는 걸 바랐었다.

그 후 도서관과 조금 떨어진 학교로 전학을 갔는데, 그 뒤로 도서관이 완공되어 매일매일 갈 수는 없지만, 방학이나 주말처럼 가끔씩 시간이 날 때 들러 책을 읽곤 했다.

처음 달서 가족 문화 도서관에 방문하였을 때는 도서관이 생각했던 것보다 꽤 커서 놀라웠다. 책이 있는 곳은 1층이 유아 자료실과 초등 자료실, 2층이 종합 자료실이었는데, 유아 자료실을 제외하고 두 곳을 방문해 보았다.

초등 자료실은 종합 자료실에 비해 상대적으로 책을 읽을 수 있도록 마련된 공간이 자유롭고 편안한 상태였다. 대부분의 초등학생은 넓은 곳에서 엎드리거나, 벽에 기대는 등 마음에 드는 방법으로 책을 읽고 있었다. 그러나 그곳에 위치한 책들은 종합 자료실에 비해 상대적으로 적은 양, 적은 종류였다. 초등학생 권장 도서나 주로 초등학생이 읽으면 좋을 자료들로 구성이 되어 있어 초등학생들을 위해 자료를 적절히 배치한 것 같았다.

반면 종합 자료실은 두 벽면을 보고 꽉꽉 채워진 책상들과 서가 중간에 위치한 책상 등으로 마련된 공간에서 책을 읽을 수 있었다.

초등 자료실보다는 배로 많은 책들이 있었고, 공간 또한 배로 넓었다. 덕분에 심심할 때마다 도서관에 방문해 시간을 때우거나, 학교에 들어와 있지 않은 책, 주위에서 추천을 받은 책들을 도서관에서 대출해 가서 읽을 수 있었다. 가끔 시험 기간에 학원을 오가며 시간이 조금 남으면 도서관에서 공부를 하다 가기도 했다. 조용하고 책장 넘기는 소리와 사각거리는 필기 소리 덕분에 공부에 조금 더 집중할 수 있었다.

지금도 달서 가족 문화 도서관은 가끔씩 방문하는 편인데, 읽고 싶은 책을 검색하여 찾는 일은 나름 재밌는 일인 것 같다고 생각한다. 다양한 책을 빌리고 읽는 과정에서 많은 것을 배울 수 있어 좋다.

6. 끝으로

이 글을 쓰기 위해 어릴 적 기억을 떠올리는 좋은 경험을 할 수 있었다. 나는 내가 생각했던 것보다 나는 많은 경험을 하고, 기억하고 있었다. 잠시 과거의 나에 대한 생각을 하며 복잡했던 다른 생각들은 잊을 수 있었다. 누군가에게는 적고, 누군가에게는 많은 곳의 도서관일 수도 있지만, 도서관에서 겪은 경험들은 대게 행복한 것들이었다.

앞으로도 나는 다양한 도서관에서 이러한 경험들을 쌓아나갈 예정이다. 또한 도서관을 통해 여러 책을 접하면서 직접 경험해 보지 않아도 간접적으로 경험을 하고 많은 것을 체험할 수 있는 좋은 기회를 얻은 것 같아 행복하다. 책은 많은 것을 품고 있고 우리에게 도움이 되는 것이 많기 때문에 앞으로도 꾸준히 책을 많이 읽도록 노력할 수 있게 되었다.

후기

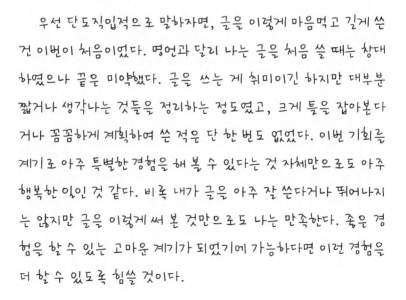

우선 단도직입적으로 말하자면, 글을 이렇게 마음먹고 길게 쓴 건 이번이 처음이었다. 명언과 달리 나는 글을 처음 쓸 때는 창대하였으나 끝은 미약했다. 글을 쓰는 게 취미이긴 하지만 대부분 짧거나 생각나는 것들을 정리하는 정도였고, 크게 틀을 잡아본다거나 꼼꼼하게 계획하여 쓴 적은 단 한 번도 없었다. 이번 기회를 계기로 아주 특별한 경험을 해 볼 수 있다는 것 자체만으로도 아주 행복한 일인 것 같다. 비록 내가 글을 아주 잘 쓴다거나 뛰어나지는 않지만 글을 이렇게 써 본 것만으로도 나는 만족한다. 좋은 경험을 할 수 있는 고마운 계기가 되었기에 가능하다면 이런 경험을 더 할 수 있도록 힘쓸 것이다.

안녕하세요. 저는 열다섯 살 백유나입니다. 무엇으로 저를 소개하는 것이 가장 좋을지 생각해 보던 참에 저에 대해 가장 잘 알릴 수 있는 제 취미를 토대로 소개해 보려고 합니다.

글에 쓴 것처럼 글쓰기 외에도 저에게는 다양한 취미가 있는데, 그중 하나는 사진 찍기입니다. 저는 특히 다른 사람을 찍어 주거나, 풍경, 주변의 사물 등을 찍곤 하는데, 가끔 잘 찍힌 사진을 보면 묘하게 기분이 좋아져 나름대로 소소한 힐링을 할 수 있습니다.

그리고 다른 취미는 음악을 듣는 것인데, 한국의 대중음악, K-POP을 가장 즐겨 듣는 편입니다. 기분도 음악에 따라 쉽게 오락가락하고, 음악에 따라 바뀌는 같은 곳의 여러 분위기도 좋아하기 때문입니다. 음악을 들으면 쉽게 기분이나 컨디션을 조절할 수 있고 이 역시 기본적으로 저에게는 힐링이기 때문에 제가 매일 즐기는 취미입니다.

마지막으로 특정하고 분명하게 정해진 것이 아닌, 무언가를 만드는 것입니다. 대강 머릿속으로 그려 보다 꼭 만들어보고 싶다는 어떠한 것이 생기면 빠른 시간 내에 실천으로 옮기는 편인데, 드림캐처나 바느질 같은 것이 있습니다. 확실하게 정해지지 않은 종류의 어떤 것을 내키는 대로 만드는데, 계획이 확실하게 잘 짜여 있지 않은 편에 비해서는 결과물이 나름 마음에 듭니다. 만드는 과정에 있어서는 고도의 집중력을 발휘해 쓸모없는 복잡한 생각들은 잠시 잊고 편안히 있을 수 있습니다.

이상으로, 짧으면서도 길었던 제 글을 마치며,

유나가.

추억이 있는 도서관

성지현

목차

1. INTRO

나는 도서관 여행자이다. 말은 거창해 보이지만 사실은 별거 없다. 어떻게 보면 나는 그저 잠시 카페에 들렀다가 떠나가는 손님과 같기 때문일 것이다. 이 글에서는 나는 이제껏 내가 가본 도서관에 대한 소개를 하고 싶다. 비록 소소한 이야기들이라도 잘 들어 주면 고마울 것 같다.

2. 집 근처 가족 문화 도서관

가족 문화 도서관에는 초등자료실과 종합자료실이 있다. 사실 직접 초등 자료실에 들어가 본 적은 없다. 솔직히 초등학생들이 가득한 곳에 중학생인 내가 들어가기는 좀 그래서 머뭇거려졌기 때문이다. 밖에서 바라본 초등 자료실은 늘 아이들로 가득한 곳이었다. 몇몇 아이들은 책장에 붙어 유심히 책을 고르기도 하고, 또 몇몇은 밖의 더위를 피해 에어컨도 쐴 겸 하고 오기도 했다. 자료실 한편에는 앉아서 책을 읽을 수 있는 공간도 눈에 띄었다. 나는 예전부터 저런 자리가 너무 좋았고 지금도 좋다. 저기 앉거나 누워서 책을 읽고 있으면 묘하게 편안하다. 어릴 때부터 누워서 책을 봐와서 그런지 꼿꼿이 앉아서는 책이 잘 안 읽힌다. 그래서인지 똑바로 앉아 책을 읽는 애들을 보면 신기하다.

초등 자료실은 활기차 보였다. 다른 곳에 비해 아이들이 많아서 그런지 밝게 느껴진다. 그리고 간간이 들리는 수다 소리도 분위기를 활기차게 보이는데 기여하는 것 같다.

종합 자료실은 내가 가장 애용하는 곳이다. 이곳은 초등 자료실과 비교했을때 분위기가 더 고요하고 조용하다. 그래서 이용할 때마다 의자 하나를 넣을 때도 혹시 소리가 날까 조심스러워진다. 이 자료실에는 개별 의자와 긴 테이블이 있는데 앉아 있는 사람들 모두가 자신의 일에 집중하고 있어 대단해 보였다. 그런 사람들을 보고 있으면 나도 열심히 해야 할 것 같다. 종합 자료실의 묘미는 단연 빽빽이 꽂힌 책들과 다양한 책들이다. 종합 자료실에서 서가를 돌아다니면서 다양한 책을 구경하다가 점자책도 만져 보았는데 신기했다.

종합자료실에서 나는 많은 책들을 돌아보다 가장 흥미가 있는 소설 서가를 찾아가 보았다. 다른 주제보다 제일 관심이 가는 서가였다. 왜냐하면 소설을 읽을 때면 나는 머릿속에 뭔가 그려지는 장면들이 생겨나서 재미도 있고 그래서 더 좋은 것 같다.

3. 초등학교 도서관

첫 번째로 소개할 신월초등학교 도서관은 지어진 지 좀 되었기 때문에 책들이 너덜너덜한 것도 많았던 곳이다. 그래도 다른 사람의 손때가 묻은 책들을 보면 보이는 세월의 흔적이 느껴져 새로운 기분이 들었다. 신월초등학교 도서관에는 아주 예전에 가 봤기 때문에 잘 기억이 나지 않는다. 한 7년 전쯤에 가 봤던 것 같다. 그때는 엄마 때문에 도서관에 갔던 것 같은데 지금 생각해 보니 그렇게라도 갔던 것이 다행인 것 같다. 도서관에는 바닥에 앉아서 책을 보는 공간이 마련되어 있었는데, 친구들과 자주 앉아서 책을 읽었다. 같이 도란도란 수다도 떨고 책도 읽고 지금 생각해 보니 여러 가지로 좋은 추억들이 있는 도서관이다.

두 번째로 소개하고 싶은 곳은 내가 가장 오래 다녔던 한샘초등학교 도서관이다. 이곳은 초등학교에서 보낸 4년간의 삶 중 절반을 차지한다. 이 시기에 나는 한창 책에 빠져 등교할 때마다 책을 빌리고 하교할 때 반납하는 걸 반복했었다. 특히 이 도서관에서 나는 인생에 가장 큰 영향을 미친 책을 발견했다.

바로 모든 사람들이 즐겨봤던 『해리 포터』라는 책이다. 내가 『해리 포터』에 빠지면서부터 '내가 저런 곳에 가면 어떨까', '나도 저렇게 할 수 있으면 좋겠다.' 등의 생각으로 소설을 읽기 시작했었다. 그렇게 책을 읽다 보니 한샘초등학교 도서관에서의 추억은 『해리 포터』라고 말할 수 있게 되었다. 이때 『해리 포터』를 읽고 생긴 로망은 집에 2층짜리 도서관이 있었으면 좋겠다는 것이었는데 지금 생각해 보니 턱도 없는 소리다.

이 도서관에서는 방과 후에 가끔씩 영화를 상영했는데, 나는 학원 때문에 항상 참여를 못해 너무 아쉬웠다. 이 덕분에 한때는 도서관이 정말 집보다 좋았다. 그래서 나는 친구보다는 책과 놀았던 것 같다.

그러다 도서관의 책이 한 달간 연체된 적이 있었는데, 주말 동안 읽으려고 책을 빌렸다가 그대로 책장에 꽂아 버려서 한동안 그 존재를 잊고 있었다가 책장에 꽂힌 책을 발견하고 놀랐던 기억이 있다. 대출이 중지되어 한동안 친구한테 책을 대신 빌려달라고 부탁했던 적도 많다.

세 번째로 소개할 용천초등학교 도서관에는 1년이라는 짧은 시간 동안 다녔음에도 불구하고 친구들과 함께한 추억이 많다. 다른 도서관과 달리 이곳에는 따로 책을 읽거나 공부할 수 있는 공간이 있었다. 나는 그곳이 가장 좋았다. 그래서 항상 도서관에만 가면 그곳에 가서 친구들과 수다를 떨거나 책을 읽었다. 주로 점심시간에 운동장 아니면 도서관에 가서 놀았는데 더운 여름에는 도서관에 에어컨을 쐬러 갔다. 어찌 보면 좀 어이없을지도 모르겠지만 다들 이런 경험이 한 번쯤은 있을 것이다.

가끔씩 교실이 아닌 도서실에서 수업을 했었는데 그때마다 할 과제를 일찍 끝내놓고는 친구들과 함께 놀았다. 나는 이때도 『해리 포터』에 빠져 있었는데, 옆에 같이 좋아하는 친구들이 있어 같이 글도 쓰며 정말 재미있게 살았었다. 지금도 가끔씩 그때가 그립다.

4. 중학교 도서관

내가 중학교에 입학하고 가장 처음 가 본 곳이 바로 도서관이었다. 이 당시에도 복층 도서관의 꿈을 버리지 못하였기 때문에 조암중 도서관을 처음 보고는 정말 좋았다.

이곳에 오면 항상 도서부 아이들이 있는데 다들 각자 이야기를 하고 있는 모습이 보면 볼수록 신기한 것 같다. 가끔씩 너무 시끄럽긴 하지만 그래도 분위기가 밝아서 좋다.

조암중학교 도서관을 처음 보고 딱 든 생각은 '정말 책상이 많다'는 것이었다. 계속 초등학교 도서관을 이용해 왔던 나로서는 바닥에 책을 읽는 공간도 없고 테이블과 책상으로 가득 찬 도서관은 낯설게 다가왔다. 어딜 봐도 테이블과 의자뿐이다.

그리고 도서관에는 DVD와 최신 음반을 보유하고 있는데 음반을 제외한 비도서는 금요일마다 원하는 학생들에게 대출해주고 있다고 한다. 음반의 경우, 음악 방송을 위해 장기 대출해 주었다고 한다. 이때까지 비도서를 빌려 주는 도서관은 처음 봐서 새로웠다.

학교 도서관에는 '세계 책의 날 행사', '독서 퀴즈', '작가와의 만남'이나 '문학 콘서트' 등 특별한 이벤트가 있다. 다양한 이벤트들이 생각보다 많아서 좋다. 그중 작가와의 만남은 해보고 싶었지만 하필 항상 미술 학원 시간이랑 겹쳐서 아쉬웠다.

5. OUTRO

지금까지 내가 여행해 본 도서관들은 학교에 속해 있는 도서관이 많다. 집 주위 도서관은 한 곳이고 나머지는 비록 학교도서관들이지만 각각 그마다 다른 추억이 있다. 다양한 독서 행사도 있지만 내가 읽었던 책, 그리고 함께 했던 친구들이 떠오르기 때문이다.

요즘 대부분의 사람들은 책 읽을 시간도, 잠시 도서관에 들렀다 갈 여유조차 없을 테지만, 일부러 시간을 내서라도 도서관이라는 공간에 가서 휴식을 취하다 가면 좋겠다. 그들이 그 잠시 동안 도서관에서 느낀 그 감정이 분명 그들에게 잠시나마 여유를 줄 것이라고 나는 믿는다. 나는 더 많은 사람들이 다양한 도서관을 여행하며 도서관을 이용하며 내가 느낀 이 기분을 느껴 보면 좋겠다.

이 글을 읽는 여러분도 도서관을 여행해 보시는 것이 어떨까요? 여러분도 충분히 도서관 여행자가 될 자격이 있습니다. 지금 당장 떠나 보세요!

이 글을 쓰며 과거의 추억을 되짚어볼 수 있어 너무 좋았습니다. 이때까지 잊고 지냈던 사소한 추억 하나하나가 너무 소중하고 행복했습니다. 일상의 바쁜 삶 속에서 이런 글을 쓰게 되어 기뻤습니다. 그리고 마지막으로 모두에게 정말 감사합니다.

저는 저를 뭐라 특정할 수 없습니다. 저도 저에 대해 잘 모르기도 하고 남들이 물어도 딱히 대답할 말은 없기 때문입니다. 그래도 이거 하나는 말할 수 있습니다. 저는 책과 그림을 좋아하는 평범한 사람입니다. 저는 여러분께 이렇게 기억되고 싶습니다.

두류도서관의 미소

장은경

목차

1. 책 읽기를 좋아했던 나

솔직히 말하면 나는 초등학교 고학년부터 중학생이 된 현재까지 책과 점점 멀어져 가고 있다는 것을 느낀다. 또 내가 생각하기에도 주변 친구들에 비하면 나는 책을 너무 읽지 않는 것 같다. 그리고 지금도 나도 내가 왜 그런지는 잘 모르겠다.

하지만 나는 초등학교 1, 2학년 때는 정말로 책 읽는 것을 좋아했다. 그래서인지 나는 매일매일 시간 날 때마다 책을 읽고, 마인드맵을 하거나 느낀 점을 쓰거나 가끔은 그림도 그리면서 나의 독서기록장을 채워갔다. 그때는 책을 읽고 기록을 하는 것이 너무 재미있었다.

또 초등학교 때는 내가 쓴 독후감으로 상을 받기도 하였다. 상품은 8가지 색상이 있는 굵은 볼펜이었다. 그때는 상장과 작은 볼펜 하나만으로도 기분이 너무 좋았다. 또 내가 독후감으로 상을 받는다고 하니 나 스스로도 조금 놀라웠고, 신기할 뿐이었다. 내가 처음으로 쓴 독후감으로 상을 받았을 때 내 주변에 있는 친구들이 나를 보며 정말 부러워하였고, 그 친구들의 부모님까지도 나를 보실 때마다 정말 대단하다 하시면서 많은 칭찬을 해 주셨다. 특히 엄마는 나의 그런 모습을 보시면서 정말로 신기해하셨다.

그때 기분이 너무 좋아서 행복했고 지금도 그때를 떠올리면 '내가 그때는 정말 열심히 했구나.'라는 생각이 든다. 그래서 그 독서기록장은 지금까지도 내가 간직하고 있는 나의 소중한 추억이다. 그 후 나는 정말로 '칭찬은 고래도 춤추게 한다.'라는 속담에 딱 어울릴 정도로 많은 칭찬을 들으며 더 많은 책들을 읽기 시작했다.

그러면서 나는 집에 있는 책들보다는 더 많은 책들을 읽고 싶어서 큰 도서관에 가면 좋겠다고 생각하여 가족과 함께 도서관에 가게 되었다. 나의 첫 번째 도서관 탐험은 그렇게 시작되었다.

2. 두류도서관과의 첫 만남

두류도서관은 두류공원 안에 위치한 공원으로 집에서 버스를 타고 25분 정도로 조금 먼 거리에 있었다. 나는 솔직히 이렇게 먼 거리에 있는 도서관에 가기 싫었고, 게다가 그 도서관을 처음 봤을 때 첫인상은 썩 좋아 보이진 않았다. 도서관 주변에서 어른들이 담배를 피우시고 있었고 그 연기는 정말 보기 싫었기 때문이다. 나는 그 장면을 보고 얼굴을 찡그리게 되었다. 나는 '공공장소에서는 다른 사람들을 위해서라도 이런 피해를 주지 않았으면 좋겠다.'라고 생각했다. 그래서 나도 모르게 그 도서관에 대한 안 좋은 인상을 갖게 되었다. 그래서인지 나는 이곳 도서관은 다른 도서관들과는 다르게 찾는 사람들이 많이 없을 줄 알았다.

하지만 나의 생각은 곧 바뀌게 되었다. 공원 안에 있는 도서관이어서 그런지 주위에서 운동하고, 산책하고, 졸다가도 도서관을 찾는 사람들이 꽤 많아 보였다. 솔직히 나는 '도서관이 왜 이런 공원에 있을까?'라는 생각을 했지만 공원과 어우러진 도서관의 모습이 싫지는 않았다. 오히려 사람들은 여유로워 보였다.

아마 담배를 피워대는 사람들을 마주하지 않았다면 도서관에 대한 나의 첫인상은 아주 많이 더 좋았을 것이다. 그래도 나는 기분이 좋았다. 넓은 공원에 비하면 조금 작고 오래되어 보이지만 파릇파릇해 보이는 많은 나무들 사이에 있는 그 도서관이 썩 싫진 않았기 때문이다.

3. 여름날의 도서관에서

가족들과 함께 도서관을 갔었을 때는 정말 더운 여름이었다. 나는 빨리 도서관 안으로 들어가서 에어컨 바람을 쐬며 땀을 식혔다. 도서관 안은 빵빵하게 틀어져 있는 에어컨 덕분에 정말 시원하다 못해 가끔은 추울 때도 있었다. 어쩌면 이것도 내가 도서관을 좋아하는 이유 중 한 가지일지도 모른다. 왜냐하면 내가 가 본 도서관은 전부 다 엄청 시원했기 때문이다.

도서관에는 집에 있는 책들보다는 더 많고 다양한 종류들의 책들이 있었다. 집에서는 읽어보지 못한, 처음 접하는 많은 내용들의 책들이 있어서 많고 다양한 책들을 볼 수 있다는 생각에 기분이 좋았다. 책을 고르기 시작했다. 나는 분위기에 심취한 탓인지 나는 다른 사람들은 생각도 안 하고 내가 보고 싶은 책들을 전부 골라서 내 자리 위에 올려놓고 쌓아서 두었다. 그때는 아직 어려서 다른 사람들의 눈치도 보지 않고, 나를 어떻게 생각하는지도 모르고 그냥 책을 골랐다. 지금 다시 생각해 보면 그때 당시 다른 사람들은 나를 어떻게 생각하였을지는 뻔히 알겠다.

하지만 내가 보고 싶은 책들을 고르는 그 순간만큼은 정말 행복한 시간이다. 빵빵하게 틀어 놓은 에어컨과 조용하고, 한적한 곳에서 내가 보고 싶은 책들을 읽으면 정말로 시간 가는 줄 모르게 많은 책들을 읽는다.

늦은 오후가 되어서야 아빠가 나에게 소곤소곤 "이제 집에 가자." 라고 말씀하신다. 그때쯤이면 시원한 공기 때문에 팔과 다리에 소름이 돋는다. 아쉽지만 도서관 문을 열고 집으로 향하게 된다.

도서관 문을 열고 나오자마자 드는 상쾌한 기분이 있다. 덥지는 않지만 춥지도 않고, 도서관에서 있었던 시원했던 나의 팔과 다리가 따뜻하게 녹는 이 느낌. 나는 이 느낌이 너무 좋다. 다시 이 도서관에 와서 내가 읽고 싶은 책들도 많이 읽었으면 좋겠다는 부푼 기대로 집으로 향하게 된다. 다시 꼭 찾아오고 싶다.

4. 시험공부를 위해 찾은 도서관

도서관에 대한 편안함을 느꼈던 나는 기대와는 다르게, 다시 도서관을 찾은 때는 바로 몇 년 후가 되었다. 집은 오빠랑 장난치고 싶고, 방에서는 그냥 잠만 자고 싶어서 집중이 잘되지 않는 그야말로 최악의 환경이었다. 그래서 나는 몇 년 만에 시험공부라는 이유로 이 도서관을 다시 찾게 되었다.

도서관 1층에는 어린이 도서관이 있고, 2층에는 어른들이 읽을 수 있을 정도의 수준 높은 책들이 있는 곳이고, 3층에는 열람실이 있다. 요즘 사설 독서실이나 스터디카페는 시간별로 돈을 내야 사용할 수 있지만, 도서관 열람실은 돈을 내지 않고 마음껏 사용할 수 있는 점이 좋다.

그래도 조금 아쉬운 부분이 있다고 하면 앉을 수 있는 자리는 생각보다 많지 않다는 점이다. 많은 사람들이 조용한 곳에서 공부하기를 원하기 때문에 자리가 없으면 그냥 어쩔 수 없는 점이 아쉽긴 하다.

내가 좋아하는 자리는 구석진 곳. 3층 열람실을 차지한 사람들에게서는 한적하고 여유로워 보인다는 인상보다는 공부나 목표를 향해 열심히 뭔가를 하고 있는 사람들이 많아 보였다. 예전에 왔을 때 느꼈던 상쾌한 시원함은 오히려 냉한 기운이 도는 이 어색한 공기로 바뀌었다.

시험공부를 위해 찾은 도서관은 책 읽기 목적으로 찾았을 때와는 그 느낌부터 완전히 달랐다. 내 마음의 자세가 달라서 인지 행복하고, 여유 있는 도서관의 느낌은 사라지고, 주변에 공부하는 학생들, 사람들 때문에 '뒤처지지는 않을까' 하는 약간의 불안함이 엄습하기도 했다. 그런 분위기 속에서 내가 버틸 수 있는 한계치가 끝에 다다르면 나는 결국 열람실 밖에 나온다.

5. 여유로운 마음으로 찾은 도서관

시험이 끝난 뒤 이번엔 한결 가벼운 마음으로 도서관을 찾아가 보았다. 시험이 끝나고 나니 정말 홀가분하고 행복했다. 이날은 아무 걱정도 하지 않고 도서관에 대한 기대를 가지고 다시 가 보았다. 도서관은 여전히 내가 기억하던 모습 그대로 여유로워 보이는 사람들도 있었고, 열심히 공부하는 많은 사람들의 모습도 보였다. 나는 도서관 주변 공원에서 가족들끼리 걸으면서 수다를 떨었다.

도서관에서 마주친 사람들은 도서관 근처 공원에서든 도서관 안에서든 여유로워 보였다. 아마 나의 마음이 그래서였을까? 다시 찾아온 도서관에서 나는 사람들을 바라보았다. 저 사람들은 나를 보며 내 표정에서 여유로움을 읽을 수 있을까라는 생각을 잠시 해 본다. 이상하게 그냥 궁금했었다.

조금 있다 배가 고파왔다. 나와 우리 가족은 도서관 주변 공원에 있는 벤치에 앉아 컵라면을 먹었다. 나는 사실 라면을 그렇게 좋아하진 않는다. 하지만 그날따라 컵라면은 정말 맛있었다. 도서관 근처 벤치에서 컵라면을 먹는 즐거움은 신선했다.

이 도서관에는 지하에 매점과 식당이 있다. 또한 시청각실에서 가끔 영화도 상영한다. 나도 여기서 영화를 본 적이 있었다. 그 영화는 정말 재미있었다. 도서관에서 보내는 시간은 참 여유로웠다.

이 도서관은 내가 아주 어렸을 때부터 읽고 싶었던 책을 원하는 만큼 읽게 해 준 소중하고, 특별한 도서관이다. 하지만 중학생이 되어서 바쁘다는 핑계로 도서관을 안 가 본 지 정말 오래되었다. 가까운 시일 내에 다시 한번 꼭 가 보고 싶다.

　　도서관의 느낌은 내가 어떤 시간에, 어떤 목적으로 어떤 마음의
상태에서 찾았느냐에 따라 같은 도서관이지만 많이 달랐다.

후기

나는 글쓰기를 좋아하지도 않고, 잘하지도 않는다. 하지만 이 글을 쓰면서 나는 도서관에서 책도 읽고, 공부도 하면서 느낀 점들이 많았었는데 얼마나 많은 사람들이 나와 같은 생각을 하는지도 궁금하고 특히 도서관에서 내가 받은 느낌이나 생각을 다시 떠올려 볼 수 있어서 좋았다.

또 나처럼 초등학생 때는 책을 많이 읽었지만 지금은 잘 읽지 않는 사람들이 더 많은 책을 읽고 여러 사람들과 공감대도 형성하고, 더 지적이게 되면 좋겠고 나도 책을 좀 더 많이 읽게 되면 좋겠다. 무엇보다도 이 글을 쓰면서 가장 느낀 점은 나도 도서관에 대해서 남는 기억들이 있고, 글 쓰는 것은 '정말 어렵고 힘들다.'라는 사실을 다시 한번 깨닫게 되는 시간이었다.

나는 조암중학교를 다니고 있는 2학년 학생이다. 처음에는 다른 친구들보다 낯가림이 심한 나는 친구들과 친해지는 것도 어려웠고, 먼저 다가가는 것도 어려웠다. 하지만 지금은 나와 성격이 비슷한 친구들과 같이 다니면서 나의 원래 활발한 모습을 드러내고 있다. 가끔 친구들도 나의 활발한 모습을 보며 놀라기도 한다. 지금처럼 계속 친구들과 잘 지내고 싶다.

뜻밖의 도서관

정민욱

목차

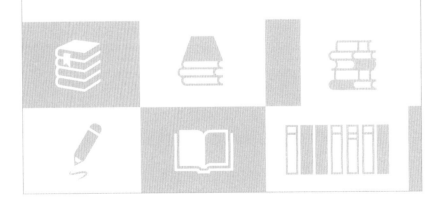

1. 책, 독서에 대하여

'독서는 마음에 양식'이라는 유명한 격언이 있다. 세계를 정복한 알렉산더 대왕조차도 책을 중요시 여겨 자신의 이름을 딴 도시 알렉산드리아에 도서관을 지어 수많은 도서들을 보관하였고, 또 이토 히로부미를 암살하여 우리가 해방할 수 있게 해 주신 안중근 의사도 "하루라도 책을 읽지 않으면 입안에 가시가 돋는다."라는 명언을 남겼다.

이처럼 많은 유명한 사람들이 책을 많이 읽고 많이 글로 펴냈고 수많은 명언들을 만들었다. 그런데 왜 우리나라 사람들은 책을 많이 읽지 않을까?

한 통계에 따르면 우리나라 성인 10명 중 4명은 책을 거의 읽지 않는다고 한다. 또 내 친구들이나 내 또래들도 책을 거의 읽지 않거나 만화책만 보는 경우가 많다. 나는 초등학교 때는 다독상을 거의 매년 받았을 정도로 책을 많이 읽었지만 현재 책을 그렇게 많이 읽지는 않는다. 하지만 초등학교의 영향이었는지 책을 읽는 것이 목적은 아니지만 숙제를 하러 자주 도서관을 찾는다. 지금은 나의 인생에서 가장 큰 영향을 미쳤던 두 도서관에 대해 소개해 보려고 한다.

2. 영주시립도서관

내가 어렸을 때는 여행을 참 많이 다녔다. 그때는 거의 주말에 한 번꼴로 여행을 갔었던 것 같다. 그런데 여행을 갈 때는 주로 아버지의 출장과 연관돼 있었기 때문에 아버지의 일이 끝이 나야 관광을 하는 형태였다. 또한 아버지께서 영주 출장을 많이 다니셔서 아버지가 일하시는 동안 나는 주로 영주시립도서관에 있었다. 영주시립도서관을 처음 갔을 때 나는 도서관이 너무 커서 놀랐다. 그때는 너무 어려서 그랬는지 모르겠지만 도서관이라고 해 봐야 도원도서관이나 학교 도서관 밖에 가 보지 않았던 초등학교 1학년의 눈에는 충분히 컸던 것 같다.

그 도서관에는 책을 볼 수 있는 청소년자료실, 아동자료실, 열람실이 있었고 또 공부를 할 수 있는 곳도 있었다. 어렸을 때 나는 그 도서관에서 정말 수없이 많은 만화책과 과학과 수학에 관한 책들을 읽었다. 솔직히 나는 그때 봤던 책들의 내용을 아직도 기억이 생생히 기억한다. 나는 아버지께서 영주출장을 가실 때 마다 그곳에서 시간을 보냈던 것은 당연했고 아버지께서 다른 지역으로 출장을 가실 때도 나를 영주도서관에서 내려 주셨다.

하지만 그 뒤에 아버지는 출장을 전보다 많이 다니지 않으셨고 평일에 많이 다니셔서, 그 이후 몇 년간 나는 영주도서관을 잊고 있었다. 하지만 2016년에 아버지께서 영주도서관이 1년 전에 리모델링을 했다는 소식을 전해 주셔서 어릴 때 그곳에 갔던 기억이 다시 새록새록 떠올랐다. 그리고 몇 달 뒤에 안동여행을 가게 되었는데 그때 오전에 영주도서관을 다시 가기로 했다. 마침내 몇 년 만에 영주도서관을 다시 찾게 되었다. 어렸을 때 그렇게 커 보이던 도서관이 지금은 조금 작아 보였다. 안으로 들어가자 리모델링을 했어도 예전과 비슷해 보이던 그 익숙한 풍경이 눈에 보였다. 또 어린 시절 만화책들을 꺼내고 의자에 앉아 속으로 깔깔거리고 웃었던 익숙한 모습들이 의자에 앉아 웃고 아이들의 모습이 비슷해서 정겨웠다. 그날 내가 본 것은 한 도서관의 모습일 뿐일지 모르지만 나는 과거로 시간여행을 한 것 같았다.

3. 달서 가족 문화 도서관

2015년 겨울이었다. 그때 우리 집 뒤에는 공터가 하나 있었다. 그곳은 내가 이 집에 들어오기 전부터 있었던 곳으로 사람들의 손길이 닿지 않아 굉장히 음침했고 내가 저학년이었을 때는 그 공터가 무서운 적도 있었다. 그런데 어느 날 아버지께서 그 공터에 도서관이 생길 것이라고 말했다.

그리고 점점 시간이 지날수록 공사를 하기 위한 가림막이 서서히 생기기 시작했다. 그 당시에 나는 도서관이라고는 초등학교 도서관이나 영주도서관 말고는 가 본 적이 없었지만 영주도서관과 비슷한 도서관이 집과 멀리 떨어지지 않은 곳에 있었으면 좋겠다고 생각했다. 그래서 그 소식을 들었을 때는 그냥 아무 생각 없이 즐거웠다. 왜냐하면 그때 나는 학교도서관에 신간도 들어오지 않고 더 읽어 볼 만한 책도 없어서 '월서중학교 행복도서관'이나 진천초등학교 도서관에 가서 책을 빌렸는데, 그곳에서도 신간도 빨리 안 들어오고 책도 오래되어 재미없는 경우도 있었기 때문이다.

그럼에도 불구하고 주변에 도서관이 없어서 도원도서관이나 다른 지역에 도서관이나 월서중학교 행복도서관, 진천초등학교도서관을 이용해야 했던 우리 가족에게는 우리 집 근처에 도서관이 생긴다는 사실이 기뻤다. 특히 나라에서 짓는 공립 도서관이 생기면 신간도서도 빨리 들어올 수 있다고 생각하여 특히 좋았다. 하지만 기대가 크면 실망도 크다는 말처럼, 공사를 시작한다고 한 후 몇 달이 지나도 한참 동안 그 공터에는 공사를 한다거나 공사 계획이 들리지는 않았다. 결국 1년 후쯤에야 도서관이 2018년에 완성된다는 이야기를 들었다. 그때는 어려서 그랬는지 도서관을 짓는다고 하면 바로 공사를 시작해서 빠른 속도로 공사를 끝내 도서관이 길어도 1년 안에 완성이 될 것이라는 터무니없는 생각을 했기 때문에 더욱 실망감도 컸다.

우여곡절 끝에 2017년 초반부터 도서관이 지어지고 있다는 소식이 들렸다. 나는 원래 그쪽으로는 잘 지나다니지 않아서 몰랐는데 어느 날 창밖을 보니 공터에 포크레인이 있는 것이 보였다.

　그리고 기다리던 2018년 3월 드디어 도서관의 외형은 완성되었다. 그래서 그날이 개관하는 날인 줄 알았는데 아직은 들어갈 수 없고 정확히 4월 12일에 개관한다고 하였다. 나는 그날이 목요일이라 학교를 갔다가 들어가야 해서, 학교가 일찍 마치는 동생은 도서관에 먼저 들어가 보겠다고 하였고 나는 친구와 함께 들어가기로 하였다. 드디어 수업이 모두 끝나고 집에 와서 가방을 내려놓고 친구와 함께 도서관에 갔다.　초등 자료실, 유아 자료실은 1층, 종합 자료실은 2층, 문화센터가 3층이라고 하는 4층 건물이라 엄청 기대가 컸다. 나는 종합 자료실이 있는 2층을 올라가 봤는데 처음으로 문을 여는 날이라 그런지 엄청 사람이 많았다. 이 도서관이 지어지기를 기다리던 나 같은 사람들이 많았기 때문인 것 같다.

　그리고 처음 문을 연 것치고는 책도 꽤 있었고 내가 좋아하는 야구 관련 책과 추리소설, 범죄소설 같은 것도 많아서 좋았다.

　그 이후부터 지금까지 도서관을 가고 있는데 이 도서관의 신기한 점은 도서 예약을 할 수 있다는 것이다. 다른 도서관은 가족문화 도서관이 생긴 이후로 잘 가보지 않아서 모르겠는데 이 도서관에는 예약 시스템이 있다. 도서 검색대에서 도서를 찾으면 예약이 가능한 도서는 예약 가능이라고 떠 있다. 그것을 누르고 아이디를 입력하면 그 도서를 대출한 사람이 도서를 반납했을 때 앞에 있는 예약 도서 목록으로 들어가고 그것을 빌릴 수 있는 시스템이다.

또 신기한 점은 컴퓨터를 사용할 수 있다. 이것은 도서관 회원만 가능한 시스템이고 대출증이 있어야 사용 가능하다. 컴퓨터 예약 PC에서 자신이 사용하고 싶은 시간을 대출증 앞에 있는 아이디와 비번으로 예약을 하고 그 시간대에 가서 사용하면 되는 것이다.

하지만 내가 이 도서관을 가장 즐겨 찾는 이유는 바로 에어컨이나 히터가 잘 되어 있다는 것이다. 겨울에는 그나마 어떻게 해 보겠는데 여름에는 내 방에 에어컨이 없기 때문에 자꾸 아무것도 하기 싫어지는 경우가 많다. 그래서 나는 여름에 도서관을 가는데 굳이 공부를 하지 않아도 가서 휴식을 취하면 몸도 마음도 편해지는 기분이다. 하지만 다른 사람들도 그 기쁨을 아는지 더운 여름날만 되면 많은 사람들이 도서관을 방문하여 자리가 부족해 그냥 바닥에 앉는 사람들도 많고 컴퓨터를 사용하지도 않으면서 컴퓨터용 자리에 앉아있는 사람들도 많다. 더위를 피해서 가는 장소일지라도 개관초기에 사람들이 보인 관심처럼 이 도서관이 오랫동안 유지되면 좋겠다.

후기

일단 글을 쓰는 것이 너무 어려웠다. 컴퓨터 모니터를 켜 놓고 멍하니 있어도 아무 생각도 나지 않았다. 하지만 글을 쓰면서 도서관에 관한 추억이나 어렸을 때의 기억도 나는 것 같아서 마냥 의미 없다고 생각하지는 않는다. 또 책을 쓰니까 내가 하지 못한 경험이라 좋았던 것 같다. 글쓰기를 도와주신 선생님 감사합니다.

　　나는 현재 조암중학교에 재학하고 있는 2학년 학생이다. 역사, 과학, 수학을 좋아하는 지극히 평범한 2학년 학생이다. 요즘에는 야구에 관심이 많아졌고, 추리소설을 읽는 것과 노래를 듣는 것을 좋아한다.

하늘도서관, 거기 있어줘

최서연

목차

1. 하늘 도서관

달서구로 이사를 오고 나서 아파트 여기저기를 살펴보는 중에 하늘 도서관이라고 적힌 건물이 눈에 들어왔다. 평소에 책에는 아무런 관심이 없던 나는 당연히 도서관에도 관심이 없었다. 하지만 왠지 넝쿨들로 둘러싸인 그 건물은 나의 호기심을 자극했다. 뱀파이어에 관한 영화나 귀신들이 나오는 영화에 한 번쯤은 본 적이 있는 것 같은 느낌의 건물이었다.

하지만 실내로 가 보니 외관과는 다른 분위기였다. 노란색 벽지에 여기저기에는 액자가 걸려 있고, 어느 구석에는 물고기와 해초들이 그려져 있었다. 그 도서관은 대부분 어린아이들이 이용하는 것 같았다. 앉을 곳이 많았는데 거의 다 어린이들로 가득 차 있었고 모두 책에 집중하는 모습이 대단해 보였다. 특히 여러 명에서 한 책을 같이 보느라 옹기종기 모여 있는 모습은 저절로 미소가 지어졌다.

이 도서관에는 그렇게 많은 책들이 있지는 않았지만 다양한 종류의 책들이 있었다. 아기들이 보는 책부터 영어책까지. 학교 도서관과 비슷하였다. 열심히 책을 읽는 사람들을 보자 나도 이번에는 열심히 책을 읽어 봐야겠다고 다짐하였다.

며칠 후 그 다짐이 오래가지는 않았지만 3~4번 정도는 도서관에 가서 책을 대출하고 반납하였고 학교 친구들 중 나와 같은 아파트에 사는 친구들과 하늘 도서관에 가서 숙제도 같이 하였다. 그냥 큰 목적이 없더라도 여름에는 시원해서 겨울에는 따뜻해서 하늘 도서관을 갔다. 워낙 건물이 눈에 잘 띄어서 친구들과 만나기로 한 장소로도 적합하였다. 그래서 항상 하늘 도서관 건물 앞에서 만났다.

이 도서관은 공공도서관이 아니어서 그런지 조금 시끄럽긴 했지만 나는 차라리 조금 시끄러운 게 좋았다. 공공도서관들은 너무 조용해서 책장을 넘길 때도 눈치 보이고 조용히 해야 하는 분위기 때문에 오히려 책에 집중이 안 되는 느낌이었지만, 하늘 도서관은 편한 분위기 때문에 책에 몰입을 더 잘할 수 있었기 때문이다. 그 안에서 봉사하시는 분들도 다 우리 아파트 주민이어서 편했고 거리도 가까워 독서 숙제도 편히 할 수 있었다.

특히 앉아서 책을 보는 곳은 독서실처럼 각자 자리가 나눠져 있어서 시험기간에는 독서실 대신 도서관을 찾아 공부를 하곤 했다. 학교 마치자마자 도서관에 가서 항상 앉는 자리에 앉아 밤까지 공부하고 집으로 걸어올 때 나 자신이 대견하고 뿌듯함을 느낀다.

너무 시험공부만 해서 머리가 아플 때는 마음에 드는 책 하나를 골라 읽었다. 그리고 하늘 도서관은 연체가 될 때마다 돈을 내야 하는데 그렇게 모은 금액으로 도서관에서는 독서 여행을 기획하고 여러 가지 행사나 체험을 열어 준다. 그런 부분에서 하늘 도서관이 특이하다고 생각한다. 예전에는 도서관이 별로 재미도 없고 흥미롭지 않은 장소라고 생각하였지만 하늘 도서관에 계속 오면서 도서관과 더 친해진 것 같았다.

2. 엄마와 함께 도서관 봉사

새로운 아파트에 적응이 될 때쯤 엄마가 하늘 도서관에서 봉사를 한다고 했다. 도서 대출과 반납을 해주고 반납된 책을 꽂는 그런 봉사 말이다. 그 당시 나도 학교 도서관에서 도서부였기 때문에 방학 때는 엄마를 도와 같이 봉사를 했다. 일은 학교 도서관에서 하는 일과 동일하였기에 수월했고 책을 꽂다 보니 내가 읽어 보고 싶었던 책도 있었고 생각보다 재미있는 책들이 많다는 것을 알게 되었다. 그리고 엄마를 도와 봉사하는 학생은 나밖에 없었기에 같이 봉사하시는 분들이 칭찬을 할 때마다 뿌듯했다. 엄마도 달서구로 이사를 온 뒤 수다를 떨 친구가 없었는데 봉사하는 사람들과 친해진 것 같아 보여 기분이 좋았다.

집순이인 나는 특히 방학 때에는 더욱더 격하게 집에 있다. 그래서 엄마가 봉사를 하러 가자고 할 때마다 귀찮아서 가기 싫어하지만 막상 가게 되면 기분이 좋다. 평소에는 말도 많고 시끄러워서 시끄러운 곳을 좋아한다고 생각할 수 있지만 사실은 조용한 곳을 좋아한다. (너무 조용한 것은 또 싫지만) 그래서 사람들이 많이 안 와 엄마와 나 단둘이 있을 때면 엄마와 수다를 떤다. 난 그때가 제일 좋다. 평소에 얘기하지 못한 이야기도 하고 셀카도 찍다 보면 교대시간이 다 되어 간다. 또 사람이 없으면 왠지 이 넓은 도서관을 내가 다 빌린 것 같은 느낌이 들어서 도서관 여기저기를 뛰어다닌 적도 있다.

봉사를 하다가 알게 된 친구가 있는데, 그 친구 엄마도 우리 엄마와 함께 봉사를 한다. 처음에는 낯가림이 있어 그 친구를 피했지만 점점 더 가까워져 나중에는 같이 역사 수업도 들었다. 첫인상은 조금 날카로워 보여서 무서웠는데 자존감도 높고 자신감도 있는 친구였다. 나는 자존감도 낮고 자신감도 별로 없는데 같이 놀면서 많이 배운 것 같다. 또 재미있는 책도 추천해 주고 우리 집 근처 맛집도 알려 줬다. 하지만 중학교 올라가면서 하늘 도서관에 잘 안 가게 되어서 그 친구랑 잘 만나지 못해 이제는 거의 인사도 안 하는 사이지만 이사를 온 나에게 친구가 되어 줘서 고맙다고 얘기해 주고 싶다.

생각해 보니 도서관을 통해 친구들을 많이 사귄 것 같다. 하늘 도서관뿐만 아니라 학교 도서관을 통해서도 친구들을 많이 사귀었으니 말이다. 도서관이 나에게 친구를 선물해 주는 거 같다.

3. 아나바다 행사

하늘 도서관에서는 많은 행사들을 한다. 그중에 아나바다 는 내가 좋아하는 행사 중 하나이다. 아나바다라는 뜻은 아껴 쓰고 나눠 쓰고 바꿔 쓰고 다시 쓰자 라는 뜻이고 재활용을 위해 이런 행사를 한다. 그래서 1년에 한 번 우리 아파트 단지 안에서는 소소하게 장터가 열린다. 우리 가족도 행사에 참여하기 위해 일주일 전부터 안 쓰는 옷이나 물건, 책 등을 모았다. 나는 아기 때 입었던 옷들과 만화책, 인형을 팔기로 했고, 동생은 고무딱지와 장난감을 팔기로 했다. 장터는 11시부터 시작하는데 우리는 음식을 만들기 위해 1시간 일찍 집을 나섰다.

도서관 봉사자들은 함께 떡볶이나 어묵, 전 같은 음식을 만들어 놓는다. 엄마와 나는 떡볶이 담당이었다. 평소에 요리하는 것을 좋아하는 나는 물건을 팔 때도 재미있지만 요리를 할 때가 더 재미있었던 것 같다.

특히 사람들이 우리가 만든 음식을 맛있게 먹을 때 가장 뿌듯하다. '이런 게 어머니의 마음인가?' 책이나 드라마에서 엄마들이 자식에게 요리를 해 주고 맛있게 먹는 모습을 보면서 "엄마는 너희들이 먹는 모습만 봐도 배가 불러."라고 말할 때 이런 기분일 것이다.

아무튼 장터가 열릴 시간이 다 되어 우리는 한 곳에 돗자리를 펴고 팔 물건들을 올려놓았다. 땡볕이라 더웠지만 사람들이 물건을 하나둘씩 사갈 때마다 기분이 좋았다. 단지 돈을 벌 수 있어서가 아니라 몇 번 안 쓰고 버려지게 될 물건들이 이런 행사를 통해서 다시 사용된다는 게 의미 있다고 생각이 들었다.

몇몇 물건들은 나의 추억들이 들어 있는 물건이어서 팔릴 때 약간 기분이 이상했지만, 제2의 주인이 잘 써 줄 것이라고 생각하니 기분이 한결 나아졌다. 우리 물건들이 거의 다 팔릴 즈음에 엄마한테 자리를 맡기고 천천히 다른 돗자리를 살폈다. 이미 품질이 좋은 물건은 거의 다 팔려서 남아 있는 물건들은 인형이나 아기들이 보는 책, 로봇 같은 물건이었다.

조금 실망한 채로 다시 우리 돗자리로 돌아오는 길에 방탄소년단 앨범을 파는 사람이 있었다. 아마 파는 분이 조금 늦게 와서 아직 아무도 사지 않은 것 같았다. 내가 사고 싶었던 앨범이어서 그런지 누가 먼저 사갈까 봐 서둘러 샀다. 역시 아나바다의 가장 좋은 점은 물건을 싸게 살 수 있다는 거 같다. 앨범 상태도 좋은데다가 가격도 원가의 반이었다. 운이 좋게 좋은 물건을 사서 기분이 날아갈 것 같았다.

오는 길에 머랭 쿠키와 초콜릿을 사서 엄마와 나눠 먹었다. 서로 물건을 사고팔면서 이웃 주민들과도 더 친해진 것 같다. 다음에 아나바다에 참여한다면 나는 물건을 팔지 않고 살 것이다. 일찍 와서 더 좋은 물건을 많이 사야지!

4. 죽녹원으로 독서 여행

하늘 도서관에서는 여기저기로 여행도 많이 다닌다. 작년에 여행 간 곳은 죽녹원이라는 곳이고, 사방이 다 대나무들이다. 실제로 대나무를 본 적은 몇 번 안 되는데 나보다 키가 훨씬 큰 대나무들이 여기저기에 있어서 마치 비밀에 정원에 온 것 같았고 왠지 대나무 사이에 판다들이 있을 것 같은 느낌이었다. 그리고 평소에 매연과 미세

먼지들 사이에서 지내다가 이런 곳에서 깨끗한 공기를 마시니깐 머리까지 상쾌해지는 것 같았다. 대나무 길을 걷다가 죽순도 보았는데 너무 귀여웠다. 이번 연도에 다시 죽녹원에 갔을 때 죽순이 조금 자라 있으면 신기할 것 같다.

하지만 난 사실 독서 여행은 가고 싶지 않았다. 친한 사람들이면 몰라도 모르는 사람과 같이 어울리는 것은 불편하고 어색해서 싫어하기 때문이다. 하지만 엄마가 이번 한 번만 갔다 오자고 해서 참석했는데 생각보다 즐거웠다. 나는 다 어른들만 있을 줄 알았는데 어린아이들이 많았고 나와 같은 또래 친구들도 2명 있었다. 여름이었지만 나무가 많아서 시원했고 친구들과 어울려 놀다 보니깐 모기에 물렸는지도 몰랐다.

그렇게 놀다가 어느 밥집을 찾아가 대나무 안에 밥을 넣고 찐 대나무 밥을 먹었다. 대추나 밤, 여러 잡곡들이 있는 약밥과 비슷했다. 내 입맛은 아니지만 특이해서 한번쯤은 먹어도 괜찮은 거 같다. 그리고 실제 대나무 안에 밥이 담겨서 나오는데 그 대나무를 가져가도 된다고 해서 깨끗이 씻어 가방에 넣었다. 아주 특별한 기념품을 산 느낌이었다.

밥을 먹고 나서 여기저기를 돌아다니다가 특이하게 생긴 건물이 있어서 안에 들어갔다. 안이 굉장히 캄캄했는데 여기저기 불빛이 무언가를 그려 놓은 것 같았다. 더 깊숙이 들어가 보니 붓으로 대나무를 그린 여러 그림들이 전시되어 있었고 대나무를 이용한 설치미술들이 많았다. 하루 종일 걸어서 힘들었지만 또 하나의 좋은 추억을 만든 것 같아서 뿌듯한 하루였다.

　이렇게 자꾸 모르는 사람들과 어울리다 보면 나도 언젠가는 다른 사람들과도 쉽게 친해지고 잘 어울릴 수 있을 것이다.

　매번 도서관을 통해서 다양한 경험들을 할 수 있어서 하늘 도서관은 단지 책을 보는 장소가 아닌 나에게 추억을 선물해 주는 그런 존재인 것 같다. 앞으로도 아파트 단지 안에 있는 하늘 도서관에서 큰 추억을 남기고 싶다.

5. 있어줘

　하늘 도서관에서는 이 밖에도 많은 것을 한다. 매주 토요일, 아파트 단지 안에는 하늘 도서관에서 영화를 보여 준다는 방송이 울려 퍼진다. '어린 왕자', '라이언 킹', '알라딘' 등 주로 애니메이션을 보여 준다. 처음에는 무료로 영화를 보여 준다는 소리에 별 기대감 없이 갔지만 불을 끄니 생각보다 영화관과 비슷한 분위기가 연출되었다. 영화관에서 보는 영화도 좋지만 도서관에서 보는 영화도 뭔가 매력이 있었다.

　책들이 가득 차 있는 책장 사이에 둘러싸여 영화를 보는 것은 아마 우리 아파트 주민들만 경험해 보았을 것이다. 아늑한 분위기를 좋아하는 나는 넓은 영화관보다는 자그마한 하늘 도서관에서 보는 게 더 좋다. 처음 보는 주민들도 있고 한두 번 마주친 주민들도 있지만 모두 일심동체가 되어 영화에 집중한다. 집중하여 영화를 보다 보면 어느새 영화가 끝나고 하나둘 자리에서 일어나 집으로 간다.

하늘 도서관에서는 독서 골든벨도 펼쳐진다. 주로 참여자는 어린 친구들이었다. 이름은 모르지만, 도서관 단골 아이들은 항상 참여한다. 쉬운 문제일 꺼라고 생각하고 들어 보니 생각보다 어려웠다. 나도 모르는 문제를 맞히는 아이들을 보니 대단해 보였고 나도 더 열심히 다양한 분야의 책을 읽어야겠구나 하고 생각이 들었다. 1등을 한 사람에게는 소정의 상품을 주는데, 예쁜 포장지에 싸여 있어서 무슨 선물인지는 모르겠지만 의미 있는 선물임에는 틀림없을 것이다.

크리스마스가 다가오기 전, 도서관은 실내와 외관을 크리스마스 분위기로 꾸민다. 도서관 밖에는 커다란 트리를 전시해놓고 도서관 안에는 여기저기에 방울들과 크리스마스 소품들을 걸어 놓는다. 또 하늘 도서관에서 크리스마스트리 만들기 행사를 한다. 행사를 할 때면 '벌써 1년이 지났나?'라는 생각이 들면서 내년에도 열심히 공부해야겠다고 마음을 먹는다.

이렇게 다양한 것을 하는 하늘 도서관에 요즘 이용자가 줄어서 걱정이다. 모이는 돈이 없어서 이러다가 하늘 도서관이 사라진다면 정말 슬플 것 같다. 그냥 도서관이 사라지는 게 아니라 나의 추억까지 같이 사라지는 것 같아 더 마음이 아프다.

앞으로 주민들이 더 자주 도서관을 이용해 하늘 도서관이 계속

우리 곁에 있었으면 좋겠다. 나의 기억과 추억이 들어있는 하늘 도
서관, 앞으로도 발걸음이 끊이지 않기를…….

　이번에 제가 살고 있는 아파트 단지 안에 있는 도서관에 대해 글을 써 보았는데요. 중학생이 되고 학교도서관에서 도서부 활동을 하면서 주로 학교 도서관을 이용을 했습니다. 그러면서 아파트 도서관은 제 머릿속에서 지워졌는데 이번 도서관에 대한 주제로 글을 쓰면서 다시 도서관에 대해 생각해 보는 계기가 된 것 같고 오랜만에 다시 하는 도서관에 가야겠다고 다짐했습니다.

　예전의 저에게는 도서관이란 곳이 재미없고 지루한 곳이었는데 다시 생각해 보니 도서관을 통해 많은 경험을 했더라고요. 여러 도서관을 이용해 봤는데 2.28 도서관에서는 2.28 민주화 운동에 대해 배우기도 하고 신문 스크랩도 경험해 보았고 대봉 도서관에서는 스피치를 배워 보았습니다. 여러분들도 도서관이 마냥 재미없는 장소라고 생각하지 말고 다른 곳에서는 경험할 수 없는 오직 도서관에서만 경험할 수 있는 것들을 경험해 보세요. 끝까지 저의 글을 읽어 주셔서 감사합니다.

어릴 때 소심하고 자신감이 없던 나는 친구에게 먼저 다가가 말을 걸지 못했고 남들 앞에서 말하는 것도 부끄러워했다. 그래서 항상 반에서 별로 존재감이 없거나 조용한 아이로 지냈다. 그러다가 초등학교 3학년쯤에 이유 없이 자신감도 생기고 활발하게 성격이 변했다. 그때부터 친구들과 이야기도 잘하고 말하는 것을 좋아해서 반에서 활발함을 담당했다. 어릴 때부터 춤을 추는 것을 좋아해 어린이집에서 재롱잔치를 할때 항상 센터에서 춤을 췄었다. 다른 일은 부끄러워도 춤추는 것은 별로 부끄럽지 않았던 것 같다. 아직도 집에서 노래를 틀어 놓고 아무 춤이나 추는 것을 좋아한다. 춤을 추고 나서 땀을 흘릴 때 기분이 좋다. 또 피아노에 관심이 많다. 내 남동생이 피아노를 잘 치는데 남동생이 처음으로 나에게 'RIVER FLOWS IN YOU'라는 노래를 가르쳐 주었다. 이 노래는 요가 할 때 많이 들어본 곡인데 내가 내 손으로 이곡을 칠 수 있다는 데에서 자신감을 느낀다. 그래서 요즘은 시간이 날때면 피아노를 친다.

나는 옛날부터 고집도 세고 욕심이 많아서 항상 모든 일을 완벽하게 하고 싶어 했다. 그래서 조별 과제가 주어지면 내가 거의 팀장을 했고 완벽하게 하고 싶은 마음에 조별 숙제도 거의 다 내가 한 것 같다. 이런 나의 성격 때문에 스트레스도 많이 받는 편이다. 가끔은 이런 스트레스 때문에 아무것도 하고 싶지 않다는 생각을 하지만 어느새 또다시 맡은 일에 열심을 다하고 있는 내 모습을 발견하곤 한다. 초등학생 때는 모든 것을 다 완벽하게 해내려는 나의 욕심 많은 성격이 나를 힘들게 했지만 요즘에는 이런 내 성격까지 나의 일부라고 생각하고 장점으로 받아들이려 한다. 현재는 조암중학교를 다니고 있고 도서관에서 도서부로 봉사를 하고 있다. 도서부를 통해서 친구들과 선배들과도 친해지고 다양한 경험들을 할 수 있어서 좋다. 앞으로도 새로운 활동을 통해 많은 것을 체험하고 싶다.

오늘의 도서관

최준혁

목차

1. 물리적 거리, 마음의 거리

우리는 평소 도서관을 가면 조용한 분위기 속에서 공부를 하거나 책을 읽는다고 생각한다. 중학생인 나는 주로 집에서 가까운 공공도서관을 많이 간다.

우리가 공공도서관에 가는 이유에 대해 고민해 보았다. 일단 도서관에 가면, 우리는 수많은 책들을 무료로 볼 수 있다. 그리고 책을 보는 것뿐만 아니라, 공부할 분위기도 나서 공부도 할 수 있다.

많은 도서관들 중에서 내가 주로 가는 공공도서관은 달서 가족 문화도서관이다. 우리 집에서 도보로 약 8분 정도 걸리는 곳인데 여름에는 무더위 때문에 이 정도 거리는 걷기 싫어질 때도 있다. 추운 겨울에 도서관까지의 거리는 더 멀게 느껴질 때도 있다. 이럴 때 나는 규모는 작지만 아파트안의 도서관을 이용한다. 오가는 하는 거리도 가깝고, 무엇보다 내가 시간 날 때 언제든 잠시 다녀올 수 있기 때문이다.

시간을 내어서 직접 찾아가 본 우리 아파트의 작은 도서관도 생각보다 소란스럽지 않아 공부하기에는 괜찮은 장소라는 것을 알았다. 방학 때 집에서 할 일 없을 때, 아파트 도서관에서 만화책이라도 읽으러 가도 괜찮을 것 같다.

2. 자리 맡기 경쟁

집 근처 달서 가족 문화 도서관은 정말 마음먹고 일찍 가지 않는 이상, 앉을 자리가 없었다. 조금 늦게 도서관에 도착해 주위를 둘러보면, 사람들이 책 읽을 자리가 없어서 서서 책을 읽거나 땅바닥에 앉아서 책을 읽고 있었다. 그리고 자리를 찾으려고 계속 돌아다니거나 자리가 없다는 걸 알고서 그냥 자기가 읽을 책을 골라서 대출을 해가는 사람들도 있었다.

반면 아파트 내에 있는 도서관에서는 자리 걱정은 필요 없다. 왜냐하면 이용자가 많지 않기 때문이다. 물론 모든 아파트에 도서관에 다 있다면 좋겠지만, 그렇지 않을 경우는 어쩔 수 없이 공공도서관에 일찍 가서 자리를 맡아야만 하겠지만 말이다.

3. 독서 행사들

도서관에 가면 책과 관련된 행사나 공지사항을 게시한 게시판을 볼 수 있다. 때로는 홈페이지에 공지되기도 한다. 그것을 보고 새롭게 안 사실은 아파트 도서관에서도 독서 행사를 하고 있다는 사실이다.

독서 행사를 참여하면 그곳에 있는 사람들, 마을 사람들을 알 수 있는 기회도 되고 다양한 사람들과 만날 수 있는 계기가 된다. 아직 적극적으로 참여해 본 적은 없지만, 나도 용기를 내서 한번 참여해 보려고 한다.

4. 다양한 활동

도서관 주관하는 문화 행사의 종류와 개수는 도서관마다 다르겠지만 우리 집이랑 가까운 달서 가족 문화 도서관은 영화 상영, 동화 구연, 역사 강의 등의 여러 가지 활동을 하고 있었다.

반면에 아파트 도서관에서는 NIE 수업(신문이나 잡지 등으로 자료 만들기), 책 놀이 수업, 동화 구연, 역사 논술 등 좀 더 세분화된 프로그램을 하고 있었다. 안타깝게도 대부분 다 유아부터 초등학생을 위한 것이라서 중학생인 우리는 들을 수 있는 프로그램은 거의 없었다.

일단 엄청 힘들었다. 글은 간신히 적었다. 그리고 이번 책 쓰기는 내 인생에서 처음이자 마지막으로 처음부터 끝까지 써 본 글인 만큼 좋은 경험이었다.

나는 최준혁이다. 조암중학교 2학년에 재학 중이다. 취미는 프라 모델 조립이고 재미있게 읽은 책은 스무고개 탐정 시리즈, 나미야 잡화점의 기적이다. 요즘은 특히 추리 소설을 좋아하며, 셜록 홈즈 시리즈에 빠져 있다.

책, 도서관, 그리고 나

장채은

목차

1. 책과의 인연이 시작되다

나는 어릴 때부터 책 읽는 것을, 그리고 도서관에 가는 것을 정말 좋아했다. 이렇듯 깊디깊은 나와 책의 인연은 두 살 무렵으로 거슬러 올라간다.

나는 돌잡이 때 연필을 잡았다. 그리고 세 살 때는 처음으로 책을 읽기 시작했다. 글 몇 줄과 단어들로 이루어진 짧은 책이었지만, 또래에 비해 빠른 편이라 주위 사람들 모두가 놀라워했다고 한다. 이와 관련한 재미있는 사진이 떠오른다. 바로 두 살의 내가 작은 욕조에 앉아 또랑또랑한 눈빛으로 책을 읽고 있는 사진이다. 이뿐만 아니라 어릴 적의 나를 찍은 사진을 보면 항상 책 한 권씩을 손에 꼭 쥐고 있다. 얼마나 책을 읽어댔으면 2.0으로 좋았던 시력이 초등학교 무렵 0.6까지 떨어졌을까.

그렇게 주변의 책들을 모조리 읽고 나서, 나는 집에서 조금 떨어진 효성초등학교에 입학하게 되었다. 처음 1학년이 되어 학교를 둘러볼 때 내 정신을 쏙 빼놓은 곳은, 바로 초등학교의 도서관이었다. 2층 미술실 바로 옆에 위치한 도서관은 들어가자마자 시선을 사로잡는 6개의 나무 책상들과 그 뒤로 가득한 책장들, 책상 옆의 대출 데스크와 편히 쉬면서 책을 읽을 수 있는 여러 푹신한 소파들로 이루어져 있었다. 도서관을 나가면 바로 옆에 성모상이 있었는데, 밝고 화사한 조명에 비추어진 성모님의 포근한 인상과 길게 드리워진 그림자가 정말 인상적이었다. 성모상과 그 앞의 꽃다발을 볼 때마다 마음이 한층 정갈해지곤 했다. 은은한 노란빛의 나무 책상들과 둥글고 푹신한 소파, 그리고 창문 너머로 보이는 아름다운 나무들. 그 모두가 마치 어제의 일처럼 생생하게 떠오른다.

무엇보다도 도서관에서 가장 좋았던 것은 책들로 가득 찬 책꽂이였다. 나뭇결이 그대로 드러난 그 책꽂이들은 미닫이 형식으로 되어 있어서, 책을 정말 많이 꽂을 수 있었다. 책 읽는 것을 정말 좋아했던 내게 도서관은 가히 천국이라 할 수 있을 만큼 놀랍고도 황홀한 곳이었다. 1학년 때 가장 기억에 남는 책은 『사과가 쿵!』이라는 그림책이다. 아마 다른 책들도 많이 읽었을 테지만, 그 책의 표지에 그려진 빨갛고도 탐스럽고 먹음직스런 사과가 아직도 기억난다. 친구들과 장난을 치며 어울리기보다 틈만 나면 살그머니 도서관으로 향하곤 했던 내게 친구들은 '책벌레'라는 별명을 붙여 주었고, 그 별명은 6년 내내 나를 따라다녔다.

우리 학교 도서관에는 특이한 규칙이 하나 있었는데, 그건 바로 오후 수업이 시작되기 10분 전인 1시 정각에 도서부원이 종을 흔들어서 나가야 할 시간이 되었다고 알려 주는 것이었다. 은색 종에서 흘러나오는 "딸랑딸랑" 소리는 즐거운 독서 시간이 끝났음을 알리는 아쉬움의 소리이기도 했지만, 나중에 나도 5학년이 되어 꼭 도서부원이 되겠다는 다짐을 하게 해 주는, 왠지 모르게 그 종을 꼭 울려 보고 싶게 하는 소리이기도 했다. 도서관의 대출 한도는 딱 한 권이었기 때문에 책을 빌릴 때마다 갈팡질팡하며 고민했던 기억도 난다.

어릴 때부터 꾸준히 책을 읽어 온 덕분에 속독 능력이 키워진 나는, 도서관에서 아침에 책을 빌려 점심시간까지 그 책을 읽고, 점심시간에 다시 도서관에 들러 책을 빌리고 그 책을 수업이 끝날 때까지 읽고, 집으로 가기 전에 또 도서관에 들러 빌린 책을 집에 가서 읽는 이 패턴을 6년 동안 반복했다. 책 읽는 것을 너무 좋아한 나머지 학교 계단에서 걸어 내려갈 때도, 올라올 때도 손에서 책을 놓지 않고 읽으면서 걸어 다녔는데, 이제 와 생각하니 참 위험했다 싶다. 다행히 넘어진 적은 없었지만…….

이렇게 하루 평균 3권의 책을, 6년 동안 매일매일 읽었었다. 초등학교 때는 지금과 달리 학원을 거의 다니지 않았기에 가능한 일이 아니었나 싶다. 덕분에 6년 내내 다독상도 타고, 아는 것도 많아져 일상생활에서도 큰 도움이 되었다.

내가 주로 읽은 책은 800번대 문학 종류였다. 글 속에 등장하는 다양한 인물들을 만나고, 그들 각자의 삶을 엿보며 공감하고, 생각하며, 느끼는 것이 얼마나 신나던지!

나는 다양한 책을 읽을 뿐만 아니라 마음에 드는 책을 여러 번 읽는 것도 정말 좋아했다. 정말 많이 읽은 책은 최소 한 달에 한 번씩은 꼭 읽었던 것 같다. 기억에 남는 책으로는 『미드나이트 저택의 비밀』, 『빨간 색연필』, 『궁녀 학이』, 『검은 바다』, 『어쩌자고 우린 열일곱』, 『메이드 인 차이나』, 『빨간머리 앤』, 『제인 에어』, 『테스』, 『주홍글씨』, 『오아시스 상점의 비밀』, 『사금파리 한 조각』, 『어느 날 내가 죽었습니다』, 『우아한 거짓말』, 『줄무늬 파자마를 입은 소년』, 『찰리와 초콜릿 공장』, 『핵폭발 뒤 최후의 아이들』, 『WHO?시리즈』, 『거짓말 학교』, 『노인과 바다』, 『궁녀 학이』, 『오만과 편견』, 『동물을 먹는다는 것에 대하여』, 『창가의 토토』, 『해리포터 시리즈』, 『퍼시 잭슨 시리즈』 등이 있다. 위 책들은 최소 20번은 넘게 읽었던 책들이다. 이밖에도 제목이 잘 기억나지 않는 어렴풋한 책들이 정말 많다. 같은 책을 반복해서 읽을수록 '고기는 씹을수록 맛이 나고, 책은 읽을수록 맛이 난다'라는 세종대왕의 말씀을 실감하게 되었다.

특히 6학년 때에는 '해리포터 시리즈'와 '퍼시 잭슨' 시리즈에 푹 빠져서 주구장창 그 책만 읽은 것 같다. '해리포터' 시리즈의 모든 주문들과 '퍼시 잭슨' 시리즈에 나오는 그리스 신들의 계보를 훤히 꿸

만큼 많이, 그리고 재미있게 읽은 책이다.

　5학년 때, 나는 그리도 기다리고 기다리던 도서부원이 되었다. 면접 과정을 거쳤던 것 같은데 자세히는 기억나지 않는다. 도서부원이 되자마자 가장 기뻤던 일은 이제 드디어 책을 2권씩 빌릴 수 있다는 것이었다. 또한 도서분류법도 처음으로 알게 되고 그토록 바라던 종도 쳐 보면서 즐거운 도서부원 생활을 한 것 같다. 우리는 도서부원 3명을 뽑아 요일별로 나누어 책을 정리했었는데, 나는 화요일과 금요일이었다. 가끔은 정리하기 몇 분 전에 학생들이 나가면서 올려놓은 책이 잔뜩 쌓여 정리하는 데 애를 먹기도 했다. 그러나 사서 수녀님과 친구들의 도움으로 무사히 정리를 마칠 수 있었다.

　'책 정리' 하면 떠오르는 일화가 있다. 도서관에서 학생들에게 꾸준히 인기가 있는 책들(해리포터, 퍼시 잭슨 등)을 혼자만 읽기 위해 슬그머니 숨겨 놓는 학생들이 있었던 것이다. 보통은 책꽂이 아래나 작은 서랍, 큰 책꽂이 뒤에 책을 숨기거나 특이한 경우에는 다른 책들 사이에 감쪽같이 숨겨 놓기도 했다. 이 때문에 도서관 수녀님과 우리 도서부원들은 정말 애를 먹었다. 분명 검색창에는 도서관에 있는 책이라고 뜨는데, 눈을 씻고 찾아봐도 없는 것이다! 거의 매일 대대적인 수색 작전을 펼치던 것도 당시에는 힘들었지만 지금은 추억으로 남았다. 또 우리 도서관에는 실내화를 벗고 들어와야 했었는데, 사람이 많을 때와 한꺼번에 나갈 때에 도서관 입구에 여러 실내화들이 뒤엉켜서 정말 아수라장이었던 기억이 난다.

　이렇듯 나는 초등학교에서 보내는 시간의 대부분을 책과 도서관과 더불어 보냈다. 쉬는 시간에도 도서관으로 달려가고, 수업 중에도 선생님이 잠깐 나가시거나 할 때마다 책을 읽고, 달리는 차 안에서도 읽고(눈은 정말 나빠졌다.), 처음으로 책을 읽다 새벽에 자기도 하는 등 책에서 손을 놓지 않았다. 발이 닳도록 도서관을 드나드는 내게 수녀님께서는 "너 때문에 문턱이 다 닳겠다. 새로 하나 장만해 줄 거지?"라는 진담 섞인 농담을 하시기도 했다.

효성초등학교 도서관을 떠올리면 즐거웠던 여러 추억이 아련히, 그리고 어렴풋이 기억난다. 사람이 북적거려 시끄러웠지만, 한편으로는 활발한 느낌이 들어 좋았던 기억, 사람이 거의 없어 혼자만의 시간을 가질 수 있었던 한적하고 조용한 도서관, 수녀님께서 주시던 간식의 달콤함, 둥근 소파 속에 들어앉아 친구들과 수다를 떨던 기억 등……. 이러한 초등학교 도서관에서의 따뜻한 추억들을 가슴 속에 깊이 품고 나는 조암중학교에 입학하게 되었다.

3. 주말의 대부분을 보냈던 – 본리도서관

중학교에 들어온 후로도 책을 읽는 시간이 다소 줄었다 뿐이지 책에 대한 나의 사랑은 여전했다. 수학학원에 가서도 쉬는 시간에 짬을 내어 책을 읽으며 수학으로 어지러워진 머리를 차분히 진정시키곤 했다. 1학년 때는 학교 도서관뿐만 아니라 본리도서관에도 자주 들러 책을 읽었다. 본리도서관은 외할머니 집 근처에 위치해 있어 할머니 집에 들를 때 마다 꼭 찾아가곤 했던 장소이기도 했다.

도서관 건물의 옆에는 주차장이 있었고 도서관 뒤에는 한적한 공원이 있어 산책하기도 좋은 장소였다. 그러나 본리도서관에 갈 때마다 항상 문제가 되는 것이 있었는데, 바로 주차 문제였다. 좁은 주차장에는 언제나 차들이 빽빽이 들어서 있었고, 그렇다 해서 길가에 차를 세울 수도 없었기에 조금 떨어진 유료 주차장에 차를 대고 걸어오든지 아니면 사람이 없을 시간에 오든지 둘 중 하나였다.

도서관으로 걸어가는 길은 엄마와 이야기도 하며 오손도손 걸어가서 그런지 그리 힘들지는 않았다. 그러나 책을 빌리고 돌아오는 길은 정말 죽을 맛이었다. 스무 권이 넘는 책을 가방에 담아 팔에 걸고, 나머지 책을 품에 꼭 안고 다시 걸어가는 그 길이 어찌나 멀게 느껴지던지! 그래도 힘겹게 책을 빌려 집으로 돌아가면 책을 손에 잡는 순간 그 고생이 싹 잊혀졌다.

내가 본리도서관에서 주로 빌린 책은 역시나 문학 부류였다. 1층 어린이 열람실이 아닌 2층에서 책을 빌렸는데, 어느 정도의 소음이 있었던 어린이 열람실과는 다르게 어른들이 주로 이용하는 2층 열람실은 쥐 죽은 듯이 조용했다. 조용한 정도를 넘어서 삭막하기까지 했다. 아마 공부하는 사람들이 대다수였기 때문이지 않을까……. 너무나도 엄숙한 분위기에 숨소리도 제대로 내지 못하고 얼른 맘에 드는 책을 골라 내려왔던 기억이 난다.

기억에 남는 책들로는 『덕혜옹주』, 『동이』, 『기황후』 등이 있다.

또한『세계명작단편선』도 대부분 이곳에서 읽었다. 책을 읽을 때 공기가 답답하거나 집중이 잘되지 않으면 잠깐 바람을 쐬고 올 수 있다는 점이 좋은 장점인 것 같다. 뒤의 공원을 산책하다 보면 가슴이 탁 트이고 머리가 상쾌해져 다시금 책에 몰입할 수 있었다.

주말에 시간이 날 때마다 자주 가곤 했는데, 주로 토요일에 갔었고 못해도 한 달에 한 번씩은 가곤 했다. 지금은 그리 자주 가진 않지만 그래도 두 달에 한 번쯤은 꼭 간다.

4. 달콤한 간식과 함께 - 달서 가족 문화 도서관

새로 생긴 지 얼마 되지 않은 이 도서관은 엄마의 소개로 처음 가보게 되었다. 새로 지은 도서관이라 그런지 책이 많지는 않았지만 깨끗한 시설이 마음에 드는 곳이었다. 1층은 어린이 열람실이었는데, 밝은 분위기라 그런지 활기가 절로 느껴졌다. 편안한 자세로 책을 볼 수 있게 해놓은 소파와 계단을 책상처럼 만들어 공부도 하고 책도 읽을 수 있게 만들어 놓은 것이 인상적이었다. 2층의 분위기는 사뭇 달랐다. 어린 초등학생들보다는 공부하는 중·고등학생이나 어른들이 많은 곳이었다. 신간도서도 많았지만 무엇보다도 문학 책들이 잘 분류되어 있어 좋았다.

학교가 일찍 마치는 날이나 학원이 갑자기 취소된 날에는 얼른 이 도서관으로 달려간다. 2층에서 재빨리 책을 빌린 뒤 도서관 문을 나서 조금만 걸으면 뚜레쥬르나 파리바게트 등 여러 빵집들이 보인다. 이 중 한 곳으로 들어가 그날그날 먹고 싶은 조각케이크나 빵, 음료수를 산 뒤 간식을 먹으며 1시간쯤 책을 읽는 것이 나의 낙 중 하나이다. 분위기도 좋고, 맛있는 음식과 함께여서 그런지 책을 읽는 순간이 더 행복하게 느껴진다. 그러다가 퇴근하신 엄마의 차에 실려 집에서 다시 책을 읽기 시작한다. 자주 있는 날은 아니지만 그래서 더 특별하게 느껴지곤 한다.

시험기간에도 가끔 가서 공부하곤 한다. 사람이 정말 많아서 자리를 잡기 힘들 때도 많다. 그래도 옆에서 열심히 공부하고 있는 사람들을 보면 '나도 열심히 해야겠다.'는 생각이 들면서 동기부여도 되고, 엄숙한 분위기 덕에 집중도 잘된다. 독서실에 가서 한눈을 파는 대신 기말고사 기간에 여기 와서 공부를 해 봤더니 공부가 훨씬 잘됐다. 덕분에 평균도 3점 정도 올랐다.

5. 아빠를 기다리며 – 범어도서관

범어도서관을 처음 알게 된 것은 범어동에서 치과를 하시는 아빠를 기다리면서이다. 가족 모두가 검진을 받으러 치과에 갔다가 토요일 진료가 2시에 끝나시는 아빠를 기다리게 되었다. 그때가 11시쯤이었던 걸로 기억한다. 3시간 동안 어디에 있을지 고민하던 중, 엄마가 범어도서관에 가보자는 제안을 하셨다. 마침 병원과도 가까워 흔쾌히 도서관으로 향하게 되었다.

범어도서관을 처음 봤을 때는 정말 입이 딱 벌어졌다. 전부 유리로 지어진 반짝반짝한 건물을 보며 이제껏 본 적 없는 멋진 도서관이라는 생각을 했다. 햇빛을 받아 빛나는 건물을 보고 있으면 괜히 기분이 좋아지는 것 같았다. 그렇게 멋진 외부를 보고 나니, 도서관 안은 어떨까 하는 기대감이 들었다.

그 기대감을 그대로 안고 내부로 들어갔는데, 글쎄 내부도 외부만큼이나 훌륭했다. 분야별로 잘 분류된 책들과 여러 자료실도 편리했지만, 무엇보다도 책이 굉장히 많았다. 내가 지금까지 본 도서관 중에서는 가장 책이 많은 곳이었다. 또한, 1층 어린이 자료실에서 편하게 책을 읽을 수 있도록 벽에 굴을 판 것처럼 의자를 만들어 놓은 것이 인상적이었다. 게다가, 외국 도서들도 잘 정리되어 있었다. 거기서 독일어로 된 윔피키드를 봤는데, 한국어 책과 비교하며 읽는 재미가 쏠쏠했다.

또한 도서관 내부의 카페에서 맛있는 것도 먹고 하다 보니 시간이 정말 빨리 지나갔다. 그 후 아빠를 만나 가족끼리 오랜만에 즐거운 시간을 보내기도 했다. 그날 도서관의 인상이 강하게 뇌리에 박혀 가고 싶을 때마다 가곤 하는 도서관이다.

6. 책과 멀어지다

이렇듯 책과 둘도 없는 단짝이었던 내가 책과 멀어지게 된 데에는 크게 세 가지 계기가 있다. 책과 본격적으로 멀어지게 된 것은 1학년 겨울방학 즈음인데, 먼저, 시간이 정말 빠듯했기 때문이다. 2학년을 대비하기 위해 원래 다니던 수학학원과 과학학원 외의 학원 2개를 추가했다. 게다가 하와이에서 하는 코딩 강의를 준비하기 위해 주말에는 컴퓨터 학원에 온종일 있으면서 책을 읽을 수 있는 시간이 점차 줄어들게 되었다. 심지어는 영어 말하기 대회 준비도 시작했고, 넘쳐나는 학원 숙제를 하기 위해 그나마 있던 시간마저 쏟아 부으면서 책을 읽을 여유가 거의 없었다. 숙제를 간신히 끝내고 나면 녹초가 되어 이불에 푹 쓰러지기 일쑤였으니. 시간이 나더라도 정말 지쳐 있었기 때문에 책을 읽을 마음의 여유가 별로 없기도 했다.

또한 웹툰도 적지 않은 영향을 끼쳤다. 하루 중 휴식 시간이 거의 없어지고 놀거나 쉴 수 있는 시간이 그나마 식사 시간이었다. 짧은 시간 동안 읽기에는 웹툰이 책보다 편리했고, 또한 보다 보니 점차 새로운 스타일의 웹툰에 빠져들게 되었다. 그래도 그 당시에는 책에 푹 빠져 있었기 때문에 별로 눈에 들어오지 않았다.

그러나 여러 작가들이 각기 다른 그림체로 그린다는 점이 재미있었고, 참신하거나 유쾌하고, 혹은 위로가 되어 주는 스토리들을 하나둘씩 나도 모르게 자꾸만 보게 되었다. 특히 잠깐 짬이 날 때 1~2분 만에 다 볼 수 있다는 점이 정말 편리했다.

그리고 당시 읽던 책의 종류도 지대한 영향을 미쳤다. 아무리 웹툰을 보기 시작했어도 여전히 책을 좋아했고, 따라서 가끔 여유가 생길 때마다 책을 읽으려고 노력했다.

그래도 시간이 없다 보니 엄마께 책을 좀 빌려달라고 부탁했는데, 엄마께서는 내가 즐겨 읽던 문학 종류와는 전혀 다른 수학이나 과학 분야의 책만 빌려 오시는 것이었다. 물론 과학 과목을 가장 좋아했기 때문에 과학과 관련된 책을 읽는 것은 그다지 싫지 않았다. 미처 알지 못했던 정보들을 얻는 것도 좋았고, 소설과는 조금 다른 담담한 문체로 쓰인 에세이들을 읽는 것도 색달랐다. 특히 『과학자의 서재』와 『청소년을 위한 의학 에세이』를 통해 과학자나 의사가 되고 싶다는 생각이 커져갔다.

그러나 과유불급이라는 말이 있듯이 과학책들만을 읽다 보니 점차 지쳐갔고, 문학과는 다르게 마음에 큰 따뜻함이나 감동을 주지 못했다.

게다가 더 큰 문제는 수학책이었다. 수학 중 좋아하는 분야도 있었지만 어렵게 느낀 분야도 많았고, 수학학원의 많은 숙제와 선행으로 인한 스트레스 때문에 도저히 책까지 수학책을 읽고 싶지는 않았다.

그러나 엄마께서는 내가 수학을 조금이나마 좋아하게 되기를 바라시는 마음에 수학과 관련된 책들을 많이 빌려오셨다. 나를 위해 그러시는 걸 알기에 읽기를 시도했지만 도저히 눈에 들어오지 않았다. 읽고 싶다는 생각도 별로 없었고, 그중 흥미로운 것들도 몇몇 있었지만 대부분 따분하고 재미없게만 느껴졌다. 이때 처음으로 책을 읽는 동안 '읽기 싫다', '지루하다', '재미없다'라고 생각하게 된 것 같다. 그 과정에서 엄마와 말다툼도 몇 번 하다 보니 책과 다소 서먹

해지게 되었다.

7. 다시, 책의 손을 잡으며

그렇게 책을 잊고 바쁜 하루하루를 보내다 보니, 마음이 공허해지는 느낌이 들었다. 바쁜 일상에 지치고, 반복되는 하루가 지루했다. 쉬어도 쉰 것 같지가 않고, 놀아도 재미있지 않은 상황이 반복되었다. 예전과는 확연히 다른 모습에 '내가 왜 이러지? 달라진 게 있나?'

생각해 보니, 어느새 내가 책과 많이 멀어져 있음을 알게 되었다. 한때 재미있었던 웹툰도 보는 순간만 재미있고, 오히려 마음의 공허함을 채우기 위해 무의식적으로 보고 있었다. '내가 책과 멀어짐으로 인해 생활의 활기를 잃고, 기운이 없었구나.'라는 생각을 하며 다시 책과, 그리고 도서관과 친해지겠다고 결심하게 되었다.

일단은 책을 읽을 수 있는 시간을 내는 것이 중요했다. 따라서 하루에 할 일들을 집중해서 조금이나마 빨리 처리해 보았다. 무기력하게 보냈던 시간들을 '책을 읽기 위해서!'라고 생각하며 의미 있게 보내기 시작했다. 평소에도 할 것들을 미리 생각해 두는 등 여러 노력을 기울였더니 주말에, 그리고 주중에도 내가 몰랐던 틈새 시간이 생기기 시작했다. 수요일 1시간, 토요일 2시간 정도. 예전에 비하면 턱없이 적은 시간이지만 그래도 온전히 책에 투자할 수 있는 시간을 마련한 것이 뿌듯했다.

다음으로는 '무슨 책을 읽느냐'다. 내가 가장 좋아하는 부류는 문학이지만 다양한 분야의 책을 읽어두는 것이 큰 도움이 된다는 엄마의 말씀도 맞는 말 같았다. 따라서 수요일에는 문학 외의 책을 읽고, 토요일에는 문학을 읽자고 생각했다. 그 결과, 조금이나마 생활에 변화가 생기기 시작했다.

먼저 웹툰을 거의 보지 않게 되었다. 책과 웹툰을 각각 읽었을 때를 비교해 보니, 책은 읽고 나서도 마음에 울림과 여운을 남기지만 웹툰은 보는 순간의 즐거움일 뿐이라는 사실을 알게 되었다. 그러고 나니 다시 웹툰이 아닌 책에 더욱 끌리게 되었다. 또한 책이 진정한 마음의 양식임을 다시 한 번 실감할 수 있었다.

둘째로, 생활에 활기가 더해졌다. 잊고 있었던 '책 읽는 즐거움'이 되살아난 것이었다. 시간을 무기력하게 보내지 않을 수 있었고, 여러 좋은 책들도 많이 알게 되었다. 『숨결이 바람 될 때』라는 책을 통해 인생의 의미에 대해 생각해 보게 되었으며, 장래희망인 의사의 꿈을 더욱 키우게 되었다. 또한 『연을 쫓는 아이』, 『고양이』등 여러 책들을 통해 사람 간의 인연 등 다양한 생각들을 해 볼 수 있었다.

다시 책의 손을 잡음으로써 나는 여전한 일상 속에서 활기를 얻게 되었고, 무엇보다도 가장 큰 보물인 '책 읽는 즐거움'을 다시금 깨닫게 되었다. 이 글을 읽는 여러분도 진정한 독서의 즐거움을 알게 되기를 진심으로 바란다.

처음 책쓰기 동아리 모임이 있었을 때가 생각난다. 내가 쓴 글이 책으로 나올 수도 있다는 사실이 설렜고 한편으로는 조금 두렵기도 했다. 그래도 내가 하고 싶었던 이야기들을 털어놓으니 마음 한구석이 조금 후련해진 것 같다. 또한 도서관과 함께했던 추억들을 다시 떠올릴 수 있어 좋았다.

동시에 내가 책과 멀어지게 된 과정과 원인을 이 글을 쓰면서 자세히 알 수 있어서 기쁘다. 다시 책 읽는 즐거움을 되찾은 나는 이상의 소소한 기쁨을 누릴 수 있게 되었지만, 그렇지 않은 친구들이 주위에 많이 보인다. 이 글이 그 친구들이 책 읽는 즐거움을 깨닫도록 도와줄 수 있다면 좋겠다.

처음 컴퓨터 앞에 앉아 빈 종이를 볼 때는 막막했지만 마음을 먹고 한 발 한 발 앞으로 내딛다 보니 어느새 글 한 편이 뚝딱 완성되어 있었다. 글을 쓰면서 나만이 가졌던 생각들을 다른 사람들에게 전달하는 과정이 결코 쉽지만은 않다는 것을 알게 되었다. 내 머릿속의 생각들을 글로 풀어내는 과정에서 어떤 표현을 사용해야 더 잘 전달 생각들을 글로 풀어내는 과정에서 어떤 표현을 사용해야 더 잘 전달 할 수 있을지 이런저런 생각들을 많이 했고 그 과정에서 생각의 나무가 조금은 자란 것 같아 기쁘고 흐뭇하다.

책을 통해 내가 새로운 사실들을 깨닫고, 등장인물들과 함께 호흡하고 공감하며 여러 감정들을 느낀 것처럼 글에는 무엇보다도 강한 힘이 있다는 생각이 든다. 한 마디 글이 그 사람의 인생을 완전히 바꿔 놓을 수 있는 것처럼.

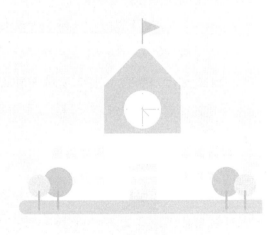

하루하루를 알차게 보내려고 노력하는 15살, 중2학생이다.

좋아하는 과목은 과학과 영어다.

좌우명은 '노력은 배신하지 않는다.'이다.

버킷리스트에는 세계 이주가 있다.

『해리 포터』와 『퍼시 잭슨』 시리즈를 정말 좋아한다.

가장 감명 깊게 읽은 책은 『숨결이 바람이 될 때』이다.

취미는 음악 듣기, 독서, 산책이다.

가장 좋아하는 음악 장르는 클래식이며, 가장 좋아하는 곡은 '캐논'이다.

존경하는 인물은 에이브러햄 링컨이며, 좋아하는 작가는 '베르나르 베르베르'이다

장래희망은 병리학 의사이며, 빈곤층의 식량난을 해결하고픈 꿈을 가지고 있다.

마음
여행자

방 학 생 활

김동준

목차

1. 방학을 맞이한 나의 일상

'맴-맴-맴'

매미 소리에 나는 잠에서 깼다. 잠잘 때 선풍기가 돌지 않아서인지 방이 끈적하고 뜨거웠다. 어제까지 7시에 일어나서 학교 갈 준비를 했는데 방학이 시작하자마자 늦잠을 자는 게 참 신기하다.

"이제 일어났니. 밥 먹어라."

나는 꾸물럭 꾸물럭 일어나면서 대답했다.

"네에……."

오늘처럼 더운 날에는 움직이기가 너무 힘들다.

밥을 먹고 엄마는 나에게 잔소리를 하셨다.

"방학 시작했다고 맨날 놀지만 말고 학교 가는 시간에 공부를 해."

그다음 말부터는 흘려들었다. 길어지는 잔소리와 날씨 때문에 보통이면 짜증이 났을 텐데 방학 첫날이어서 그런지 기분이 나쁘지 않았다.

"네에⋯⋯."

대답만 하고 대충 공부하다 놀 것이다. 방학하기 전에 공부많이 했는데 뭘 또. 엄마가

"또 건성으로 듣고 대답하네."

나는 방에 다시 들어가 침대에서 뒹굴거리면서 잠자느라 확인 못 한 카톡을 확인하고 요일 웹툰을 봤다. 휴대폰으로도 할 일이 없어지니 심심해졌다. 그래서 추리소설을 빌려와 읽었다.

추리소설을 읽으면 작가님의 구체적인 묘사와 흥미로운 스토리 덕분인지 눈앞에서 바로 그 일이 일어나는 것처럼 생생하고, 등장인물의 모습을 내가 상상할 수 있어서 마음에 들었고 시간이 가는 줄 몰랐다.

책을 다 읽고 눈치를 보면서 노트북을 켰다. 내가 요즘 빠진 게임을 하기 위해서다. 같은 캐릭터로만 게임을 하니 좀 질렸다. 그래서 한 번도 해 보지 않은 캐릭터를 해 봤다. 그런데 그 캐릭터가 너무 마음에 드는 것이다. 바로 유튜브를 켜서 그 캐릭터 강의 영상을 보고 연습했다. 다른 플레이어들을 쉽게 처치하자 기분이 너무 좋았고 게임에 더 몰입하게 됐다.

"게임 그만하고 공부 좀 해라! 와이파이 확 끊을까?"

엄마가 화나신 것 같다. 마침 게임이 끝났다.

"아, 컴퓨터 껐어요. 이제 공부해야지."

그리고 공부를 좀 했다.

이렇게 매일 반복될지도 모르는 방학 중 하루가 끝났다.

갑자기 눈이 번쩍 떠져서 시계를 보니 새벽 6시 50분.

방학 전에 일어나던 시간이었다. 너무 더워서 아이스크림을 먹고 싶었다. 하다못해 시원한 물이라도.

냉동실 문을 여니 안에 뭐가 들었는지 알 수 없는 우유팩과 알 수 없는 얼린 것들이 있었다. 냉동실 서랍을 열자 아이스크림이 많이 보였는데 내가 좋아하는 초코 퍼지, 돼지바에 보석바도 있었다. 곧 바로 초코 퍼지를 집어 들었다.

"끙……."

일어난 직후라 손가락에 힘이 안 들어갔다. 그래서 힘들게 뜯었다. 초코 퍼지를 입에 넣으니 초코바가 헛바닥에 달라붙었다. 서서히 단맛이 느껴지다 입안이 확 달달해졌다. 맛있어서 씹어서 먹으니 금방 다 먹었다.

그때 안방 문이 열렸다.

"왜 벌써 일어났어? 더 자도 되는데."

엄마가 말했다.

"몰라요. 갑자기 눈이 떠졌어."

내가 대답했다.

아이스크림을 먹고 방에 들어가서 엄마가 깨실 때까지 휴대폰을 하려 했는데 글렀다.

"아침 뭐 먹을래?"

"아무거나요."

원하는 것을 말해도 재료가 없다며 엄마가 생각하시는 아침을 해주실 게 뻔하다. 아침으로 찌개가 나왔다. 무슨 찌개인지는 모르겠는데 고기가 있고 매콤했다. 이 더운 날에 선풍기도 쐬지 않으시고 맛있는 찌개를 만드셨다는 게 놀라웠다.

찌개 안에 고기가 많이 있어서인지 한 그릇 다 먹고 나니 배가 든든했다. 아침을 먹고 억지로 공부를 시작했다. 사실 매우 싫어하지만 이번 기말 고사 성적이 제대로 안 나와서 어쩔 수 없이 해야 하는 공부였다.

마지막 문제를 푸는데, 내 정신이 마치 어두운 블랙홀로 빨려 들어가는 느낌이 들면서 스르륵 잠들었다.

'뭐지?'

'여긴 학교다.'

'담임 쌤이다.'

반 친구들이 보인다. 그런데 얼굴이 정확하게 보이지 않는다. 실루엣들의 움직임이 책을 펼치는 것 같다.

'수업 시작하는 건가?'

갑자기 어둠 속에 갇혀있는 느낌이 든다. 서서히 정신이 개운해지며 잠에서 깨어났다.

침대에서 가만히 생각해 보니 오늘 게임을 하지 않았다. 그러자 게임을 하고 싶은 내 마음이 급발진하며 내가 컴퓨터를 켜게 만들었다.

"지금 게임하려고?"

엄마 목소리다. 거실에서 엄마 목소리가 들렸다.

"네."

내가 대답했다.

"그 전에 심부름 하나만 하고 해."

"넵."

게임할 생각에 신나서 빨리 심부름 하고 와야지 하면서 대답했다. 마트에서 몇 가지를 사고 오는데 기분이 좋았다.

2. 내가 하는 건전한 활동

"따르릉"

자고 있었는데 친구한테서 모닝콜이 왔다.

"여보세요?"

내가 말했다.

"야, 오늘 배드민턴 가는 거 안 까먹었지?"

친구가 말했다.

"아! 아 맞다!"

오늘부터 배드민턴 방과 후에 간다는 사실을 잊고 있었다.

"8시 반에 시작이니까, 8시까지 집 앞으로 나와."

친구가 말했다.

"오케이."

배드민턴은 내가 가장 좋아하는 스포츠이다. 방학 때 아침에 일어나 배드민턴이라도 하지 않으면 게을러진다고 엄마가 하라고 했기 때문에 베드민턴 수업을 신청했다. 나는 벌떡 일어나 씻고 방과후 수업 갈 준비를 했다. 방학 첫날 이후로는 선풍기를 틀고 자서 일어나기가 훨씬 쉬웠다.

집 앞으로 나가니 친구가 기다리고 있었다.

"어떻게 배드민턴 치는 걸 잊어 버리냐?"

친구는 툴툴거리는 것처럼 말하면서 웃었다. 나도 웃었다. 서둘러 학교에 가서 강당으로 들어갔다. 이미 강당엔 배드민턴 네트가 다 설치되어 있었다.

"안녕~!"

강당에 계시던 배드민턴 선생님께서 우리를 보고 인사하셨다.

"안녕하세요."

우리도 인사했다.

우리가 바로 배드민턴을 치려하자 선생님께서 말씀하셨다.

"몸 풀고 배드민턴 치라."

"네."

우리가 말했다.

땀 뻘뻘 흘리면서 열심히 배드민턴을 쳤다.

집에 와서 쉰 후에는 리코더를 불었다. 내가 적어 놓은 계이름을 보면서 k-pop이나 유명한 노래를 불거나 'flower dance' 같은 난이도 있는 곡을 연습하는 것을 좋아한다.

저녁 7시에는 복싱을 하러 갔다. 가서 시간이 되면 20분 동안 줄넘기를 띈다. 그리고 강사님께서 오셔서 복싱을 가르쳐 주시거나 운동을 한다. 친구도 만날 수 있어서 재미있게 운동하고 올 수 있다.

여가활동은 한가로운 시간을 활용하여 어떤 일을 몰입해서 하는 것인데 나는 모든 시간이 한가로웠던 것 같다. 잘 생각해보면 너무 게을러서 한가롭게 느껴진 게 아닐까.

3. 방학 때 미루던 숙제

큰일 났다. 개학이 이틀 후인데 숙제를 안했다. 전교생 공통으로 나간 숙제는 조부모님 찾아뵙고 '조손 동행 행복사진 공모전' 사진 촬영하기랑 1-3-3 감사하기, 작은 행동 실천하기인데 이것들은 다 했다. 사실 1-3-3 감사하기는 안 한 날이 더 많았던 것 같다. 숙제가 이것들뿐이면 나는 숙제를 다 끝낸 것이다.

하지만 나는 책쓰기 동아리에 들어가 있었기 때문에 개학 하루 전날 20시까지 책 원고를 써 내야 했다. 그런데 놀면서 책을 하나도 쓰지 않았다. 동아리에 같이 들어가 있는 친구 한 명도 나랑 똑같은 상황인 것 같았고 나머지 성실한 친구 한명은 한참 전에 책 쓰기를 다 끝낸 것 같았다.

이제 나도 슬슬 글을 써야 하는데 6살짜리 사촌 동생이 이모랑 놀러 왔다. 분명히 지금부터 책을 써도 제대로 쓸 수 있을지 모르겠는데 사촌동생이 너무 귀여워서 '에라, 모르겠다.'라고 생각하고 같이 놀면서 하루를 날렸다.

개학 하루 전날이다. 학교에 갈 때는 따로 챙길 것도 없고 숙제만 신경 쓰면 됐다. 그런데 내가 계속 사촌동생이랑 놀고 있어서 엄마가 동생을 데리고 나갔다 올 테니 책쓰기 끝내면 전화하라고 하셨다. 그제야 나는 컴퓨터를 켜고 메일에 온 책쓰기 1차 원고 양식을 다운받아 읽었다.

'주제1'이 마음이 끌리는 도서관, 마음이 끌리는 이유, 도서관이 사람들에게 특별한 공간인 이유 등등을 쓰는 것이고, '주제2'가 어떤 특별한 일화나 혹은 특별하지 않아도 자신의 일과를 일주일 정도 관찰해서 자신의 삶에 대한 생각을 담은 글을 쓰기였다.

'내일이 개학인데 도서관을 어떻게 가지. 너무 게으름 피웠다.' 생각하면서 '주제2'를 선택했다. 그래서 나는 내 일과를 떠올리며 방학이라는 주제로 책을 쓰기 시작했다. 몇 시간 후 글을 써 냈다.

'내가 3주 동안 이렇게 게으르게 생활했구나.'
'다음 방학 땐 좀 달라져야지!'

　방학이라는 주제로 난생처음 책을 써 보면서 방학 때 나의 하루하루에 대해서 떠올려 보고 생각해 보니 '정말 매일 놀았구나!' 싶었습니다. 글을 쓰면서 어떻게든 내용이 산으로 가지 않게 하려 했는데, 아직 많이 부족한 것 같습니다. 읽어 봤는데 가면 갈수록 내용에 알맹이가 없어져서 부끄럽네요. 부족한 글을 읽어 주셔서 감사합니다.

안녕하세요. 저는 조암중학교 2학년 김동준입니다. 평소에 활발한 성격이지만 주변에 아는 사람이 없으면 조용해지는 성격입니다. 취미는 리코더를 부는 것이고 하리보 곰젤리를 좋아합니다. 감사합니다.

마음 비춰보기

정소영

목차

1. 격한 아침

아침 일찍부터 한 손에는 새하얀 양말 한 짝을, 또 다른 한 손에는 내가 좋아하는 개구리 세제 향을 풍기는 체육복을 들고 입속에 가득 찬 침인지 치약인지 모를 치약을 머금은 채 나의 아침은 바삐 시작된다. 어제 밤새도록 폰을 하다 늦게 잠들어서 평소 짜증날 정도로 잘만 울리던 알람 소릴 듣지 못해 평소보다 30분이나 더 자 버렸다. 그래서 오늘은 아침을 거른 채 정신없이 준비해 엄마 차를 타고 등교한다. 엄마의 차에선 오늘도 어김없이 엄마의 취향과 추억이 가득 찬 엄마의 플레이리스트가 들린다. "엄마, 다른 노래 좀 들으면 안 돼? 이 노래! 별로다." 나는 항상 엄마에게 투정 부리듯 말하곤 하지만 이미 나도 모르게 흥얼거리고 있는 중이다. 사실 제목은 모르더라도 하도 많이 들어서 가사를 줄줄 꿰고 있을 정도다. "춘천 가는 기차는 나를 데리고 가네 오월에 내 사랑이 숨쉬는……."

이렇게 두 곡 정도 흥얼거리고 나면 눈 깜박할 새에 그곳, 바로 학교에 도착해 있다. 분명히 내가 평소보다 늦게 나왔음에도 불구하고 친구는 나오지 않는다.

"휴……."

한숨을 내쉬며 난 전화를 건다.

"야, 너 언제 오냐?, 오늘 나 늦게 나왔는데 너는 왜 나보다 게 와?"

"엘리베이터 기다리다 늦었어."

"우 씨 빨리 나와!"

항상 학교 앞 꽃집에서 8시쯤 만나 교문을 같이 통과하는 우리는 초등학교 4학년 때부터 줄곧 같이 다니던 친구이다.

그래서일까? 서로가 너무나 편하게 느껴져 약속 시간이라는 개념을 잊은 게 분명하다.

분명 정각에 약속했지만 둘 다 맞추기라도 한 듯 10분씩 늦게 나오는 우리는 절친임에 틀림없다. 친구와 교문을 들어서서 1층에서 3층까지 산이라도 오르듯 쉰 소리를 내며 기어 올라간다.

2. 남들보다 느리게 흘러가는 학교

열심히 끄집어 올라간 계단 끝에서 다른 반에 비해 고요하게 느껴지는 우리 반을 눈에 담은 후 교실 문을 천천히 열고 들어간다. 나는 먼저 다가가 살갑게 인사하는 아이는 아니어서 오늘도 인사를 지나쳐 버린다.

인사는 분명 좋은 것이라고 생각하지만 왠지 모르게 친구가 아니 거나 애매한 친구에게 먼저 다가가 인사하는 것은 쉽지 않다.

내 자리는 교실의 끝자리로 잠자기 좋은 자리, 즉 선생님의 눈을 피하기 좋은 자리다. 나는 내 자리에 만족하며 내 의자에 가뿐히 앉 아 가방을 푼다.

그러던 도중 한 친구가 내게 다가와 묻는다.

"너 수학 숙제 했어?"

"응? 수학 숙제가 있었어?"

"너 숙제 안 했어?"

"응, 어쩌지."

"나도 안 했어."

이렇게 몇 마디를 나누고선 서로 숙제를 안 했다는 말 하나로 동 질감을 느낌과 동시에 어이없다는 가벼운 웃음을 주고받는다.

이제 교실은 조금 시끄러운 분위기를 띠기 시작하고 아침 자습시 간이 찾아온다. 원래 내가 계획한 아침 자습시간의 계획은 '이 시간 만큼은 책을 읽자.'이지만 내 계획과는 다르게 까먹은 학교 숙제나 밀린 학원 숙제를 하고 있다.

오늘도 역시 내 계획은 책 넘기는 소리 하나 없이 지나가 버린다.

밀린 숙제를 하면서 나는 귀만 열어 놓는다. 입담 좋은 선생님과 반 아이들이 잡다한 수다를 떠는 소리, 머리카락 좀 주우라고 잔소리를 하시는 선생님의 목소리, 내 배에서 배꼽시계가 고장난 소리 등 여러 가지 소리가 들려 온다.

길지 않지만 또 짧지도 않은 그 시간이 가 버리면 1교시가 곧바로 찾아온다. 나는 1교시 수업이 뭔지 잠깐 살폈고 보는 순간 온몸이 축 늘어졌다.

오늘 수업은 끔찍이 싫어하는 과목으로 시작한다.

아마 '왜 안 끝나지?'라는 생각이 머릿속 트랙을 100바퀴 정도는 돌고 나서야 지칠 때로 지쳐 끝날 듯하다.

"오늘 시간표 너무 별로인 것 같지 않아?"
"인정."
나뿐만 아니라 다른 아이들도 인정하는 바이다.
1교시부터 4교시까지의 내 모습은 항상 한결같다고 느낀다.
1교시, 아침부터 수업해서 잠이 몰려 보인다.
2교시, 아직 잠에서 벗어나지 못한 것 같다.
3교시, 거의 좀비다.
4교시, 점심시간이 다가와 잠에서 깬 맑은 눈을 말똥히 뜨고 있다.

이리도 수업시간을 싫어하는 나에게 수업이 그나마 '시간이 빨리 지나가게 할 수 있는 방법이 무엇이냐'고 묻는다면 내가 꼽아 보았을 때는 상상하며 시간을 보내는 것이다.

배가 고플 땐 먹고 싶은 것을 상상해 머릿속 먹방을 펼치거나 날씨가 덥다고 느껴질 땐 바다를 상상해 뛰어드는 등 쓸데없지만 재밌는 상상을 한다. 나는 이런 잡다하고 입 밖으로 꺼내지 못할 생각으로 4교시까지 버텨 냈다.

'딩 동 댕 동   딩 동 댕 동'

종이 울리는 소리에 하나둘 언제 그랬냐는 듯 금방 발랄하게 뛰어다닌다. 4교시 종이 울리고 나면 내가 가장 먼저 하는 일은 역시 '급식 표 확인하기'이다.

'급식의 메뉴는 오늘의 내 기분을 결정하는 것 중 하나니까!'

"어디 보자 오늘 메뉴가 배추김치, 흰밥, 계란말이, 냉이된장국……. 아이스 슈!!"

오늘은 아이스 슈 덕분에 꽤 좋은 기분으로 점심시간을 보내기 시작한다. 밥을 먹는 도중 친구가 아이스 슈를 뺏어 먹으려 해서 그 친구의 머리칼을 당겼다.

그러곤 다시 내 식판으로 낚아챘다.

내 밥을 뺏어 먹으려는 친구를 피해 무사히 밥을 다 먹은 후 친구와 처음부터 끝까지 문맥이 없는 대화로 웃고 떠들었다.

점심시간은 길어서 정말 점심만 먹는 것으론 끝나지 않는 시간이기에 너무나 즐겁게 느껴진다.

그리고 점심시간이 지나가면 5교시가 뒤따른다.
5교시는 왠지 모르게 끌리지 않아 나도 모르게 딴 짓을 하고 있다.
낙서를 하거나 멍을 때리거나 졸거나 둘 중 하나다.
정말 의미 없이 시간을 보내는 것 같다.
6, 7교시 역시 마찬가지다. '집에 가고 싶어' 안달난 시간인 것 같다. 열심히 가르쳐 주시는 선생님들께는 죄송하지만 어쩔 수 없이 졸림이 졸졸 따라와 나를 붙잡아 버린다.

3. 터벅터벅

힘겨운 그 시간들이 지나면 종례를 하고, 아침에 생기라도 있던 얼굴은 온데간데없고 그저 축 늘어진 한 명의 학생이 된다.
친구들과 버스를 타고 친구들 중 마지막에 내려 지루하기 끝없이 터벅터벅 지친 소리를 낸다. 터벅터벅 느릿느릿 계단을 걸어 현관문이 보이면 왠지 모를 안정감이 솟아오른다.
이때 나는 하루 중 가장 빠른 손놀림으로 문을 열고 들어간다. 집 문을 열고 들어가면 제일 먼저 보이는 방에서 내 동생이 스마트폰을 만지작만지작 거리고 있다.
"책 좀 읽지."

나도 못하는 것 중 하나지만 스마트폰을 끝없이 하는 동생에겐 이 말이 툭툭 던져지곤 한다. 정말 멍해 빠진 눈을 한 동생을 스칠 때마다 심각하다고 생각하며 동생 방 바로 옆쪽에 붙어 있는 내 방에 들어서기도 전에 나는 곧장 가방을 여기저기 아무 데나 내팽개쳐 놓고는 갈색의 큰 책상을 보며 안정감을 느낀다.

나는 그 상태로 아침에 신었던 하얀 양말이 까맣게 때 탄 모습을 확인하고는 바로 벗어던져 버리곤 학원 숙제 1시간 전까지 축 늘어진 채 편안히 잠든다. 학교 갔다 와서 몸이 노곤 노곤해지자 침대가 유난히 더 편하게 느껴졌다. 단잠에 든지 얼마 되지 않아 시끄러운 알람소리에 또다시 일어나 기운 없이 눈에도 들어오지 않는 영어책을 펼친다.

분명 서너 번 반복해 읽지만 눈에 들어오지 않는다.
'지루해.'
'띠로리 띠로리로리'

그때쯤 저녁이 되어서야 교회에서 돌아온 엄마는 저녁을 해 주신다.
"엄마 오늘 반찬 뭐야?"
"그냥 주는 대로 먹어라."

반찬투정 시작 전 엄마는 내가 분명 투정부릴 것이라고 생각했는지 곧바로 내 입을 막아 버린다. 나는 저녁을 금방 해치운 후 10분이

나 지각한 학원에 간다. 나는 학원이 싫은 건 아니다. 그저 학원 가는 길이 너무나 귀찮고도 멀게 느껴져서 싫을 뿐이다.

학원에선 매일 정해진 스케줄대로 공부한다. 한 시간 반쯤 엉덩이를 붙이고 있으면 하늘이 검게 내려앉는다.

그때쯤 나는 생각한다.

'집으로 갈 때쯤 됐나 보다'

거의 마지막까지 학원에 있는 나는 선생님과 이야기를 소소하게 나누고 집으로 돌아선다.

4. 어색한 하늘의 인사

이때쯤 공기는 탁 트이는 것 같다. 아침에는 그리도 눈에 들어오지 않던 하늘은 항상 학원 마치고 집에 갈 때쯤이 되어서야 구석구석 보이기 시작한다. 뭔가 나도 모르는 감성이 조금 생겨나는 느낌이다. 학원을 마치고 돌아온 집에선 자기 전까지 휴대폰을 붙들고 놓지 못하는 편이다. 오늘은 겨우겨우, 손에서 폰을 내려놓곤 생각해 보았다.

'나는 뭐 하는 거지, 오늘 왜 그랬지, 겨우 이거 했는데 피곤하다니'

끝없이 내 머리는 나에게 질문했다.

어째 생각하면 할수록 불편하고 답답한 느낌이 들었다.

생각하고 상상하는 것은 중요하지만 내가 원치 않을 땐 생각이 생각을 그만두지 않는다. 이럴 때마다 순간순간 머리가 가득 차 답답하고 어지럽다. 고작 4쪽으로 다 써내려지는 하루가 내 일상이라 생각되니 아쉽게 느껴질 뿐이다.

5. 잠 못 드는 밤

딱히 한 것도 없는 것 같고, 기억에 남는 일도 없어 잠이 오질 않았다. 어디서 글을 읽어 본 적이 있다. 잠이 오지 않는 이유는 내가 그 하루를 만족하지 못해서 그런 거라고. 항상 그랬던 것 같다. 이런 일상이 반복되다 보니 나는 어느새 게으르고 별 볼 일 없는 사람이 되어 있었다. 이렇게 중학교 2학년 1학기를 벌써 끝마치고 금방 여름방학이 찾아왔다.

항상 그렇듯 나는 열심히 공부하기, 다이어트하기 뭐 이런 계획들은 헛수고로 만들어 왔다. 이번에 나는 다르게 생각해 보았다. 방학동안 내가 하고 싶은 일도 하면서 머릿속을 다듬기로 말이다.

우선 첫 번째, 나의 계획은 내 취미를 만들어 가는 것이다. 신이 내게 주시지 못한 것은 많아도 내가 생각하기엔 가장 나에게 맞는 재능을 주셨다. 어릴 때부터 가지고 있던 내 장점인 미적 감각이었다. 이 감각이 장점에만 머물렀을지도 모르지만 내가 좋아하는 곳에도 위치해 있었다. 가끔 심리 전문가들은 그림으로 자신의 스트레스를 해소할 수 있다고 말한다. 나도 그림을 좋아하는 사람으로선 공감하고 이해할 수 있었다. 그림을 그릴 때면 새로운 감각들이 피어나고,

또 자라나는 느낌이 든다. 나는 이번 방학을 통해 그림으로 즐거움을 얻은 것이 아닐까 싶다.

창문 밖 나무도 그려보고, 사람의 눈도 그려 보고 하면서 관찰력도 많이 기르고, 꾸덕꾸덕한 물감으로 부드럽게 색칠 하는 등 뿌듯하게 시간을 보냈다.

또 여름방학에 많은 영향을 준 책 읽기가 있다. 앞서 등장했듯 나에게 책 읽기는 익숙하지 않았다. 이때까지 나에게 책 읽기란 수박 겉핥기식이었다.

하지만 방학 중 제대로 된 책을 만났다. 『가재가 노래하는 곳』으로는 내가 이때까지 읽어 왔던 소설과는 다른 색을 보여 주었다. 표지부터 나를 사로잡은 것은 분명하고 한 장 넘겨 작가의 소개를 보았을 때부터 열심히 추측하며 내용을 읽어나갔다.

책을 끝마칠 때쯤 책을 다 읽어서 단순히 뿌듯함을 느낀 것보다 다 읽어 버렸다는 생각에 아쉬움부터 남겨 주었다. 책을 다 읽고 난 후 이 책은 현재 내가 가장 좋아하는 책이 되었다.

책을 읽으면서 책은 정말 배울 점이 많고 여러 감정을 살려준다는 것을 15년이 지나서야 깨달을 수 있었다. 이 외에도 일기 쓰기, 친구랑 놀기 이런 계획들도 있었다. 하지만 위에 두 계획들은 처음으로 방학을 잘 보냈다는 느낌을 주는 것들이었다.

역시 알찬 방학이란 하고 싶은 것으로 가득 채우는 것이다.

'나'에 관한 글을 이렇게 길게 써 보는 것이 처음이라 어떤 방식으로 글을 써 내려가야 할지 고민이 많았다. 그래서 글을 쓰는 동안 내 일상을 '나 자신'이 관찰해 가면서 사소한 것 하나하나 기억하려고 노력했다.

예를 들어 등교 전에 양말을 신지 않고 손에 들고 등교를 한다던가, 엄마의 FAVORITE PLAYLIST를 다 외운 것, 눈썹을 문지르는 버릇이 있다는 것 등 내가 몰랐던, 그냥 지나쳤었던 나의 모습을 관찰하는 시간이었다.

솔직히 이런 과정을 통해 글을 쓴 뿌듯함보단 이 과정을 통해 얻은 '또 하나의 나'가 이 글의 진짜 후기인 것 같다.

늦은 밤에 그림 그리기, 누구보다 오래 잠자기, 누구보다 늦게 일어나기, 공책 정리라기보단 공책에 미술 작품을 만들어내기 등의 취미를 가지고 있으며 방금 전까지 거하게 술을 마신 듯 붉은 숙톤의 피부와 눈썹 열 가닥, 똥머리 등의 별명으로 외모가 설명되며 뺀질이라는 별명으로 성격이 드러나는 15살 정소영이다.

전지적 2학년 시점

신유진

목차

1. 중학생이 되다

입학식

정말 떨리는 마음으로 중학교에 갔다. 1학년 2반 17번. 1년 동안 불리게 될 나를 상징하는 숫자.

맨 처음에 친해진 친구는 바로 내 앞 번호인 16번 배효주라는 친구였다. 우리는 같은 아파트 단지에 살아서 더 친해질 수 있었다.

효주와 나는 같은 반에 있는 나현이라는 친구가 그린 그림을 구경하다가 서로 알게 되었다. 그 이후 민서, 수민이와 같이 우리는 한 무리로 다니면서 1학년 생활을 마무리할 수 있었다.

1학년 때부터 나는 지금까지 도서부로 활동하며 책쓰기닷컴 동아리에 가입했다. 책쓰기 동아리에 들어온 친구들 중 유나와 지현이와는 초등학교 6학년 때부터 친했고 다현이와는 도서부 활동을 통해 친해졌다.

중간고사

우리는 자유학년제라 시험이 없었지만, 우리가 시험을 안 쳐도 2, 3학년 선배들은 시험을 치니까 시험기간에 우리는 복도에서든 교실에서든 계속 조용히 다녀야 했다. 선생님들은 각별히 우리에게 조용히하라고 말씀하셨다. 복도를 조용히 다니고 조용히 대화하고, 쉬는 시간마저도 조용히 다녀야 한다는 것은 참 불편했다. 더군다나 시험기간에는 급식을 다 먹고 하교를 해야 한다. 물론 우리 학년은 제외였다. 때 마침 선배들이 급식을 다 먹고, 하교하는 모습을 보고 나는 말했다.

"우와, 선배들은 벌써 집에 가네. 완전 부러워. 그냥 나도 빨리 2학년 되서 시험 치고 싶다." 라고.

그러니 효주가 놀라면서

"2학년 되면 정말 그럴까?"라고 대답했다.

지금 와서 생각해 보면, 정말 1학년 때가 좋았다.

체육 한마당

체육대회 하루를 위해 우리는 처음으로 반티셔츠를 맞췄다. 되게 실용적인 옷이었는데 난 꽤 마음에 들었다. 반티 제한 가격이 12,000원이었기에 우리는 이 가격에 맞춰서 온라인 쇼핑몰에서 일상적인 옷을 하나씩 사서 입었다.

반티 색은 '#D8A838'과 비슷한 색깔. 쉽게 말해서 겨자색 아니면

머스터드 색이라 체육대회가 끝난 뒤에 우리 반 별명은 자연스레 '겨자', '머스터드'가 되었다.

체육대회 때 긴 줄넘기, 이어달리기, 장애물 달리기, 파도타기, 줄다리기, 2인 3각 등이 있었는데 우리 반은 줄다리기와 이어달리기 1등을 해서 우수상을 받았다.

상품은 우리는 우리 학교 굿즈다. 참고로 학교 굿즈에는 학교 로고가 그려진 샤프, 자, 가방, 형광펜, 스포츠 타월, 텀블러 등이 있다. 물론 노트, 수첩, 물통도 있다. 우리 학교가 신설학교라서 이런 것들도 만들어 주는 것 같다. 그런데 내가 생각하기에는 체육 대회라면 현금이 나은 것 같다.

그리고 특별 이벤트로 교장 선생님께서 각 학년 5반에 몇 번을 골라서 운동화를 상품으로 주셨다. 이렇게 상품 증정식을 하고 4시 20분쯤 내 중학교 첫 체육대회는 끝났다. 나는 아무 상품도 받지 못했다.

여름 휴가식

여름 방학!

솔직히 지금으로부터 1년 전인 2018년의 여름 방학을 떠올려 보니 내가 무엇을 했었고 어디를 여행 갔는지 기억이 잘 나지 않는다. 특별한 일 없이 그냥 비슷한 일상이어서 일지도 모른다.

그래서 나는 엄마와 이야기를 나누었고 그제야 내가 여름 방학에 무엇을 했는지 알게 되었다. 작년 여름 방학에 난 피아노 학원, 영어 학원, 수학 학원까지 다녔다는 사실을 말이다. 사실 그렇게 열심히 학원을 다녔는데, 지나고 나니 다녔다는 기억조차 없다는 사실이 더 놀랍기도 했다. 그런데 나처럼 공부를 거의 안 하는 사람이 무려 학원 3개를 다녔다는 사실, 그리고 그중에 수학 학원이 있었다는 사실은 지금 생각해도 매우 놀랍다.

#야영 수련 활동

권나현이라는 친구는 춤을 정말 잘 춘다. 그래서 그 친구덕에 야영에서 무대에 올라가는 경험을 했다. 나현이 그리고 다른 두 명과 함께 프X듀스 48의 'Touch', 그리고 블X핑크의 'Forever Young'이라는 곡을 연습해서 무대 오디션을 봤는데, 다행히도 무대에 설 수 있게 되었다.

사실 우리 팀이 무대에 오를 수 있었던 건 거짓말 하나도 안 하고 80%가 나현이 덕분이었다. 그렇게 우리는 무대에 오르게 되었다. 그런데 무대에 올라가기 전, 배가 너무 아픈 것이다. 약을 몇 번이나 먹었는데도 낫지 않아 다들 걱정했는데 무대를 딱 올라가니까 배가 하나도 안 아파서 뭔가 신기했다. 또 무대 끝나고 나서도 계속 안 아팠다. 그걸 보고 선생님은 너무 긴장해서 그런 것 같다고 하셨다. 이처럼 다행히 아무 일 없이 준비한 무대를 잘 마치고 내려왔다. 이렇게 나의 야영은 끝났다.

#예술제

솔직히 중학교 올라오고 첫 축제여서 나의 첫 예술제를 너무 많이 기대했다. 내가 늘 꿈꾸었던 예술제는 웹툰으로 보던 대학생 축제같이 규모도 크고 재미있는 것도 많이 하고 즐거운 축제였는데 그렇지 않아 많이 실망했다. 축제에 대한 기대는 고등학생 때 다시 해 보는 걸로 해야겠다.

축제 1부는 공연 관람을 하고, 축제 2부는 바자회를 했다. 권나현이라는 친구는(야영 참고) 또 무대에 섰는데 솔직히 관객으로서 봐도 친구로서 봐도 전교생 중 이 팀이 제일 잘했다고 생각했다. 하지만 이 팀은 상을 못 받았고 그게 내 일처럼 아쉬웠다.

바자회 때 나는 방탄소년단 비공굿을 조금 샀다. 내가 팬클럽 '아미' 멤버여서 방탄 비공굿만 산 이유도 있지만, 사실 살 게 별로 없었다. 그나마 조금 괜찮은 건 이미 다 팔리고 난 뒤였고. 바자회 말고 다른 것도 좀 하면 좋을 텐데 싶었다.

아니면 차라리 바자회를 조금 짧게 하고 일찍 집에 가게 해 주었으면 하는 생각도 했다.

겨울 방학과 봄 방학

겨울 방학에 나는 수학 학원을 다녔다. 사실 이 내용도 엄마에게 물어봤다. 내 기억에 없다기보다는 내가 학원을 중요하게 여기지 않아서 일 것이다. 생각해 보면 수학 학원에서는 중1 과정을 다 복습하고 그랬던 것 같기도 하다. 하지만 왜 내 기억에는 '수학'에 대한 아무 것도 남는 게 없는 걸까?

겨울 방학이 지나고 봄 방학이 돌아왔다. 여전히 같은 일상이 반복되었다. 도서부라서 학교도서관에 와서 새로 들어온 서가에 책을 옮기는 작업을 도왔던 기억이 있다. 그리고 나서 또다시 여름이 왔다.

2. 드디어 2학년이 되다

개학식

드디어 2019년 3월이다! 사실 난 이 글을 쓰고 있는 지금도 내가 2학년이라는 사실이 믿기지 않는다. 중간고사 시험 칠 때도 그랬고, 심지어 중간고사가 다 끝났을 때도 정말 내가 2학년인가 싶었다. 이러다가 3학년 때도 안 믿을 것 같은데 걱정이다. 아마 이건 내가 '믿고 싶지 않아서'인 것 같다. 내가 믿고 싶지 않다고 해서 이미 난 2학년인 사실이 거짓이 되는 것도 아닌데, 헛된 희망만 품고 있다.

현재 나는 2학년 4반 12번.

중1 때 같은 반이었던 친구들은 다 다른 반으로 가고 딱 1명, 민서와 같은 반에 배정되었다. 3월에 정신없이 개학을 하고, 어느새 중2 생활을 시작했다. 아직 초등학생티를 못 벗은 1학년 신입생들이 입학해서 복도에 다니고 있는 것을 보니 시간이 정말 빠르다는 생각을 했다.

사실 1학년 때는 2학년이 되기를 매우 바랐었다. 이유는 단순하다. 바로 '세계사'를 배우니까. 나는 한국사는 별로 안 좋아하는데 세계사를 너무 좋아한다.

#중간고사

도무지 어떻게 시험을 쳤는지 기억이 안 난다. 그냥 시험 치기 전에 친구랑 도서관 가니까 사서 선생님께서 다크 초콜릿 하나씩 주셨던 기억밖에 나지 않는다.

3학년은 9과목을 시험 치고 우리는 8과목을 치니까 자습 시간에 앞의 친구 그림 그려 주고 혼자 낙서했던 일, 그리고 같은 아파트 사는 친구들이랑 자습 시간을 시험 중간에 주던가 라고 불평했던 기억이 있다. 시험 다 끝나고 주면 무슨 소용이냐며 신세한탄 한 게 이날 오전의 마지막 기억이다. 집 가서 조금 쉬다가 수학 학원 갔다. 매일 바쁘게 무언가를 많이 한 것 같은데, 막상 이렇게 쓰고 나니 정말 별로 한 일이 없다.

#기말고사

사실 중간 다음에 체육대회도 있고 현장체험 학습도 있었지만 기억나는 게 없어서 그냥 넘어가야겠다!

기말고사는 수요일 역사 시험 전에 자습 시간이 있어 역사 공부를 조금 하다가 시험을 쳤다. 그런데 내가 역사 시험 쳤을 때 후회되는 일이 있다. 나는 세계사를 좋아해서 열심히 공부했으니까 한국사보다 세계사를 더 잘 치자라는 생각을 했다. 한국사는 수업 시간에 집중해서 잘 듣긴 하니까 나의 머리에도 남는 게 있겠지 싶었다.

사실 한국사 공부를 할 시간이 있었지만, 난 고집스럽게도 세계사만 주구장창 공부했고 시험지를 보고 알게 되었다.

'아, 세계사 문제 비중보다 한국사 문제 비중이 더 많구나.' 게다가 내가 세계사를 다 맞아도 한국사를 다 틀리면 망하는 것이라는 사실도 말이다.

엎친 데 덮친 격으로 한국사는 수업 중에 그렇게 집중해서 들었다고 생각했는데도 막상 시험지를 마주하니 머리에 남아 있는 게 거의 없었다. 결국 나는 '끝날 때까지 끝난 게 아니다.'라는 생각으로 열심히 기억을 더듬어가며 풀었다. 그리고 이 시험을 치고 나서 나는 복습의 중요성을 몸소 깨닫게 되었다.

#여름방학

기말고사 끝나고 8월 14일까지 여름 방학이었다. 방학이 한 달도 안 돼서 계속 학원만 다니고 캠핑 한번 다녀왔더니 벌써 방학 마지막 날이었다. 나는 3주가 이렇게 짧았는지 전혀 몰랐다.

그 짧은 날들 중 가장 기억에 남는 것은 방학에 가족과 함께 캠핑을 2박 3일 갔다 온 것이다. 매년 가는 곳이긴 하지만 개인적으로 이 캠핑이 너무 좋았다.

작년에 갔을 때 양치하고 내려오다 우연히 하늘을 올려다봤는데 별이 있었다. 인터넷에 별이나 우주 검색하면 나오는 그런 풍경이 아니라 정말 별인지 비행기인지 모를 점 10개 정도가 보였는데 나는 도시에만 살고 캠핑을 가도 하늘을 올려다본 적이 없어서 이렇게 많은 별을 본 건 처음이었다.

올해 캠핑 갔을 때 양치하고 내려오는 길에 다시 하늘을 봤더니 구름이 잔뜩 끼여 있어서 별은 안 보였다. 내년에는 친가 쪽 사촌들이랑 같이 와서 실컷 놀다가 같이 별 보고 싶다.

#2학기 개학 하루 전

원고 제출 마감일. 사실 이 글은 벼락치기로 급하게 적은 글이라 기본적인 목차를 짜 놓았어도 이상하게 써졌다. 글은 처음부터 끝까지 전부 두서없다는 사실. 지난 1년과 올해 반년을 돌아보아도 나는 별로 많은 일을 하지 않은 사실을 다시 한번 깨달았다.

개학식

14일은 개학식이다. 나는 광복절이 지나고 금요일, 주말 쉬고 나서 그냥 깔쌈하게[1] 새 학기를 맞이하길 내심 바랐다.

그런데 우리는 수요일에 개학했고, 등교를 했다. '학교는 시원하겠지'라는 일말의 기대를 걸고 그나마 희망차게 등교했는데 이럴 수가. 에어컨 바람이 하나도 시원하지 않았다. 방학 동안 에어컨을 계속 틀었던 도서관이나 교무실은 시원한데 안 틀었던 교실은 방학 동안 학교 건물이랑 같이 데워져서 시원한 바람이 아예 안 나왔다.

---

1 깔쌈하다'의 뜻
　1. 옷 입은 스타일이나 성격이 [멋지다, 쌈박하다]는 뜻.
　2. 깔끔하고 쌈박하다의 준말 + '쌈박하다'의 뜻

더군다나 2학년 여자 교실의 에어컨이 고장난 것이다. 진짜 너무 더웠다.

개학하고 나서의 괴로움은 더위와도 함께 이겨내야 했기에 더 힘들었다.

#광복절

오늘은 광복절. 아침에 태극기를 달았다. 나랑 동생이랑 서로 태극기를 달겠다고 싸우다가 4차 산업 혁명 시대에 맞춰 휴대폰 타자 빨리 치기로 결판을 냈다. 결국 동생이 이겼고 나는 태극기를 걷는 역할을 맡았다. 그리고 나는 휴대폰으로 한편의 글을 봤다.

SNS에 올라온 글이었는데 광복절을 맞아 쓴 글이었다. '마지막 내용이 8월 15일의 탄생화는 해바라기. 해바라기의 꽃말은 아름다운 빛입니다.' 이었는데 광복을 한자로 바꾸면 빛 光 자에, 되찾을 復이다. 풀이하면 '빛을 되찾다'라는 뜻으로서 잃었던 국권의 회복을 의미하는데 빛을 되찾음으로써 아름답게 된다는?

음, 설명을 못하겠는데 그런 내용이었다. 글을 읽고 감동받아 '와! 우와!' 이러고 있었는데 동생이 "밥 먹어."라고 외쳤다.

그 말에 나는 다시 현실로 돌아왔다. 오늘은 광복절이지만 나는 숙제하고 학원에 가야 했다.

오늘이 광복절인데, 내가 학원을 가야 하다니 말이 안 된다.

학원을 마치고 집 오는데 비가 와서 동생한테 데리러 오라고 연락했다. 막상 오라고 말은 했는데 동생이 오지 않을 것 같았기 때문에 난 그냥 비를 맞고 갈 생각이었다. 그런데 안 올 줄 알았던 동생이 마중 나왔다. 솔직히 놀랐다.

그리고 집에 와서 광복절을 맞아 아침에 동생이랑 역할까지 나눴던 거룩한 태극기 걸기를 거행하려는데, 이미 걸었다고 했다. 그래서 난 동생에게 한 번 더 놀랐다. 비가 와서 동생이 걸었다고 했다.

#개학 후 일주일

교실 에어컨 수리가 금방 되지 않아서 여전히 바람이 시원하지 않았다. 저번 주 금요일에는 1층 진로실에서 하루 종일 수업하고, 오늘은 5층 과학 2실에서 수업했다. 우리는 5층에서 3층까지 다니며 이동 수업을 위해 이 더운 와중에 계속 계단을 걸어 다녀야 했기 때문에 같은 층에 있는 교실로 이동 수업한 다른 친구들이 부러웠다.

점심시간에는 도서부 일인, 곧 열리는 고정욱 작가와의 만남 행사를 홍보하고 왔다. 그런데 애들 반응이 없어서 홍보를 할 기운이 안 났다. 역시 이런 건 포스가 있는 3학년 선배들이 하는 게 나을 것 같다.

학교 마치고 나서는 또 도서관에 들러서 지현이랑 지금 쓰고 있는 마음 주제 책 말고 같은 시리즈인 도서관 주제 책 표지를 디자인하고 집에 왔다.

에어컨 고친 날

오늘은 에어컨이 고쳐져서 교실에서 수업했다. 그런데 방학 전만

큼 안 시원해서 별로였다. 수행인 줄 알았던 미술 수업 시간에는 오
브제, 모빌, 라이트 아트, 대지미술 등 이론 공부를 했다.

미술 수행

다음 주에는 모둠별로 수행을 어떻게 할지 구상을 하고, 그 다음
주에 수행평가를 해야 했다. 저번 수행할 때 우리는 단체톡방을 만
들어 놓아 거기서 의견을 나누기로 했다. 이번 미술 수행 주제는 '음
식 모형 실제 크기로 만들기'였다. 우리 모둠은 쉽고 예쁜 디저트를
만들자고 이야기했는데 내 생각에는 디저트가 흔하기도 하고 다른
애들도 많이 할 것 같아서 주제를 바꾸는 게 점수 올리는 데 더 좋을
것 같다. 한 번 바꾸자고 얘기해 봐야겠다.

조원들끼리 톡을 했고, 주제는 그냥 디저트로 가기로 했다. 사실
생각해 보니 조원들이랑 같이 하나를 만드는 게 아니라 그냥 컨셉만
맞춰 하는 거였다. 이러면 뭔가 정 없어 보이고 좀 그럴 수 있는데,
조원 모두가 한 작품을 만드는 것도 아니고 조원이 모두 다 잘해야
A 받는 게 아니니까 내가 주제를 잘 정하고 내가 잘 만들면 나는 일
단 A를 받을 수 있다는 생각이 들었다.

내가 만들기로 한 디저트는 행성 초콜릿이었고 집에서 연습을 조
금 하고 수행을 해서 꼭 A를 받고 싶다.

3. 현재 나를 돌아보며

#고민

오늘 체육 수업을 했다. 1학기 때는 농구 수행, 배구 수행, 체력 수행, 태도 평가 다 100점이었는데 멀리뛰기 하나가 100점이 아니어서 A를 받아도 조금 아쉬웠다. 그래서 2학기 때는 꼭 올A를 받자고 다짐했는데 못 이룰 것 같아서 걱정됐다.

2학기 체육 수행 중 하나는 '농구 골 넣기'이다. 옛날에는 방과 후로 잠깐 농구를 배워서 그래도 10번 중 7번 정도는 넣을 수 있었는데 지금은 공을 던져도 거의 안 들어간다.

내 앞의 친구는 진짜 공이 안 들어갈 것 같은 자세로 머리 위에서 대충 슛을 넣는데 골이다. 심지어 골대를 안 보고 뒤돌아서서 던져도 골이 잘 들어간다. 내가 친구들보다 키가 작아서 키 때문인 것 같기도 했다.

나는 다른 친구들이 골을 잘 넣는 모습을 보고 있자니 공부에서도 안 느꼈던 열등감 같은 걸 느꼈다. 근데 앉아서 가만히 생각해 보니 중학교 수행은 절대평가여서 A가 몇 명이든 다 A여서 상관없었다.

내가 이만큼 연습해서 골을 5개 넣는다고 생각하면 굳이 더 많이 넣은 사람에게 열등감을 느낄 필요도 없고 3개나 4개를 넣은 사람을 보고 내가 더 낫다는 우월감을 느낄 필요도 없다고 생각했다. 골 잘 넣고, 운도 좋은 친구들은 신경 쓰지 말고 집에 있는 농구공으로 연습이나 열심히 하자고 다짐했다.

#독서 논술

화요일은 독서 논술을 하는 날이다.

그 학습지에 질문이 있었다.

"당신은 어떤 일에 시간을 투자하나요?"

논술 선생님이 물어보셨다.

"요즘 뭐 하냐."

"미술 대회 같은 거 준비해요."

"유진이 진로가 미술 쪽이야?"

그리고 선생님께서 내 작품을 보고 싶어 하셔서 보여드렸다.

선생님께서는

"꿈이 있는 건 좋은 거야."라고 하셨다.

요즘은 공부를 잘해서 대학에 입학해서도 공부가 자기와 맞지 않거나 대학을 졸업하고도 무슨 일을 해야 할지 방황하는 사람들이 많다고 했다. 수학을 잘하고 영어를 잘하는 게 중요한 게 아니라 '내가 하고 싶은 게 뭔지 찾는 게' 정말 중요하다고 하셨다. 그런 의미에서 지금 하고 싶은 게 있는 사람은 대단하다고 하셨다. 나도 그렇게 생각한다.

방탄소년단의 슈가가 한 말이다. 슈가가 무명이고 연습생일 때 느꼈던 감정을 정국에게 얘기해 주었다.

"버스를 타면 2,000원짜리 자장면을 못 먹고 2,000원짜리 자장면을 먹으면 버스를 못 타."

이렇게 힘든 상황에도 결국 꿈을 이룬 슈가처럼 나에게도 꿈을 이어나갈 열정이 있으면 좋겠다.

독서 논술 선생님께서

"고등학교는 어디로 진학할 거냐."라고 물으셨다.

"저는 예고에 가고 싶지만, 들어가기도 힘들고 들어가고 나서도 힘들어요. 그리고 저는 재능 없어서 그냥 인문계로 가기로 했어요."

"네가 진짜 미술 하고 싶으면 예고 가는 것도 좋을 거야."

사실 나도 예고를 가고 싶긴 하지만 국어, 수학, 사회, 과학, 영어, 그리고 그 외 과목을 교육 과정대로 수업하고, 개개인의 전공과 실기까지 공부해야 하는 예고가 일반고보다 더 힘들다는 생각을 항상 하고 있었다. 그리고 결정적으로 예고는 경쟁률도 높고 학비도 비싸 일반고로 가기로 마음먹었다.

　이 글을 쓰면서 식겁했던 순간이 많았던 것 같다. 노트북 배터리 없어서 내가 쓴 글이 몇 번이나 날아갈 뻔하고 분명히 '다른 이름으로 저장'을 눌렀는데 저장된 건 없고, 다행히 날아갈 뻔한 순간만 있었고 실제로 파일이 날아간 일은 없었다. 내가 저장해 놓은 파일이 바탕화면이 아니라 다른 폴더에 남아 있었다.

　나는 이 글을 쓰고, 수정 작업을 학원이 끝난 늦은 밤에 다 할 수밖에 없었다. 그런데 엄마가 빨리 자라고 하셔서 항상 2, 3시간 컷이었다.

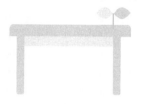

평범한 중2이다. '분명 얼마 전까지는 중1이었는데, 언제 중2가 되었지……'라고 자주 생각하고 있다.

나는 그냥 '어떻게든 되겠지'라는 생각으로 하루하루 급한 숙제를 해내고 수행을 하고 정신없이 무계획적으로 살다가 일이 조금 틀어지면 '어, 이게 아닌데'하며 그제야 움직이는 사람.

하지만 내가 보기에 나는 '악, 망했다'라고 정신이 들 때 움직이는 사람이다.

얼마 전까지 장래희망을 정했는데 요즘 좀 바뀌고 있다. 그래서 뭘 하든 일단 공부를 열심히 하고 내가 하고 싶은 직업 후보들을 선택할 수 있게 다 열심히 해야겠다고 생각하고 있다. 이게 여러모로 제일 좋은 방법인 것 같아서……

취미는 그림 그리기, 독서, 그리고 뭐든지 끄적거리기, 글쓰기까지 많다.

어느 중학생의 마음

박규민

목차

1. 새로운 모험이자 새로운 시작

　지금으로부터 2년 전 나는 초등학생이었다. 나는 1학년부터 6학년까지 회장을 해왔다. 6학년 때는 전교회장에도 나가 당선되었다. 입학식 때 6학년 형의 손을 잡고 강당으로 들어오던 때가 엊그제 같은데 벌써 정들었던 초등학교의 생활이 끝났다. 솔직히 믿기지 않았다. 난 오랫동안 초등학생으로 있을 줄 알았다.

　나는 처음 보는 1학년 후배의 손을 잡고 강당으로 들어섰다. 리허설이 시작되고 떨려 하는 후배의 손을 잡고 강당으로 들어왔다. 나는 항상 누군가에게 의지하고 도움 받으며 살아갈 줄 알았다. 하지만 지금 내가 이 친구의 손을 잡고 있고 이 친구도 6년 전 내가 느끼는 기분을 똑같이 느끼고 있을 것이라 생각되니 기분이 오묘했다.

　입학생의 새 출발을 응원하기 위해 부모님들이 들어오셨다. 초등학교 강당이 1학년 후배들의 가족들로 가득 차고 입학식이 시작되었다. 내 손을 잡고 있는 1학년 후배는 처음에는 두려워하는 것 같더니 이내 시작하자 여유롭게 걸어갔다. 나도 곧 있으면 처음 겪는 중학교 생활을 해야 되고 내 손을 잡고 있는 친구가 처음 겪어 보는 초등학교 생활에 두려움을 갖지 않게 하고 싶었기 때문에 더욱 당당히 걸었다.

입학식이 끝나고 6학년 교실로 올라가려던 찰나 한 부모님께서 말씀하셨다.

"학생, 우리 아들과 사진 한 장 찍어 줄 수 있나?"

그분은 내 손을 잡고 들어왔던 아이의 어머니였다. 나는 사진을 함께 찍었고 교실로 돌아가 생각했다.

나도 초등학교 1학년 때부터 사교성이 좋았던 것은 아니었다. 또 유치원에서 초등학교라는 곳으로 가니 더욱 떨리고 주변 친구들에게 다가가기 어려웠다. 그런데 지금의 나는 친구들과 잘 어울린다. 모르는 친구라도 먼저 다가가고 말을 걸자 친해졌다.

그렇게 학교생활을 하던 어느 날, 형, 누나들이 학교 TV에 나와 소감문을 발표하는 것을 보았다. 나는 저렇게 많은 학생들 앞에서 나의 의견을 얘기할 자신이 없었지만 그래도 전교회장 선거에 한번 나가보고 싶었다. 얼마 후, 복도에 전교회장을 뽑는다는 공고가 붙어 있었다. 그래서 나는 전교회장선거에 도전해 보지 않으면 후회될 것 같아 출마했다.

선거를 준비하며 피켓도 만들고 선거문도 써 보니 전교회장은 지금까지 내가 해 왔던 그런 단순한 회장 자리가 아니라는 것을 알 수 있었다. 학교를 대표하는 전교회장이기 때문에, 호기롭게 그냥 될 수 있다는 생각만으로는 나올 수 없다는 것을 알았다. 그리고 그런 생각들이 내가 전교회장 선거에 나가는 밑거름이 되어 주었다.

그렇게 선거운동을 하려고 준비를 하고 드디어 연설문을 발표하는 시간이 되었다. '기호 1번'이라 맨 앞의 순서였다. 하지만 처음 카메라 앞에서 말하는 것이라 두려웠다. 그렇게 내 차례가 되고 준비해 온 연설문을 발표했다. 긴장되어 연설문을 중간에 한 번씩 본 것이 아쉬웠다. 내 차례가 끝나고 다른 전교회장 후보들이 연설문을 낭독하기 시작했다. 모두 연설문을 잘 짜온 것 같아 내가 안 될 줄 알았지만 내가 전교회장으로 당선됐다.

전교회장을 하며 가장 기억에 남는 일은 강당에서 졸업식 사회를 본 것이다. 대본에 적혀 있던 말을 수십 번 읽고 외우며 보았지만 사람들이 많아 너무나도 떨렸다.

방송부는 말하는 것을 좋아해 평소에도 학교를 대표하는 아나운서가 되면 좋겠다고 생각했었다. 그래서 신청했는데 5시에 결과가 나오는 것이 5시 10분이 되어도 결과가 안 나오자 불합격이 된 줄 알았다.

하지만 몇 분 뒤 문자가 왔고 '합격'이라고 적혀 있어 기분이 좋아졌다. 그렇게 들뜬 마음으로 다음 날 방송실을 찾아갔고 방송실에서 만난 형, 누나들은 나의 학교생활에 도움을 주었다.

두 번째는 밴드부이다. 밴드부를 모집한다는 공고를 보고 악기에 큰 관심은 없었지만 도전해 보고 싶은 마음에 신청을 하였고, 매주 토요일 1시간씩 모여 연습을 했다.

초등학교 밴드부여서 많은 악기가 없을 줄 알았지만 의외로 악기가 많았고 나는 베이스를 치게 되었다. 밴드부는 나의 스트레스를 해소해 주는 곳이 되었다. 밴드부 활동할 때엔 각종 행사의 공연을 맡게 되어 공연이 끝나면 성취감과 뿌듯함도 느낄 수 있었다. 이렇게 방송부와 밴드부 활동은 나의 학교생활을 도와주는 큰 역할이 되어 주었다.

강당이 사람과 학생들로 채워졌다. 내 대사를 발표하고, 마지막 대사를 읽음으로써 졸업식이 끝나며 나의 초등학교 생활도 끝이 났다.

이제 나는 새로운 시작점에 와 있다. 학교와 중학교, 그리고 초등학생과 중학생 이 단어들은 비슷한 단어지만 그 안에 숨겨진 의미와 마음가짐은 다르다고 생각한다.

그래서 나는 중학교에 가고 싶었다. 초등학교에서는 어떠한 일을 하든 초등학생이라는 틀에 불과했다. 그리고 아무리 성숙해지고 철이 들어도 초등학생은 뭔가 신체적으로, 정서적으로 아직 어린 것 같았다. 그래서 중학생이 빨리 되고 싶었다.

하지만 중학교에 와 보니 많이 달랐다. 같은 일을 해도 중학생은 초등학생 때보다 나의 행동에 책임감을 가져야 했다.

그리고 초등학교는 공부를 많이 하지 않아도 시험기간에 공부를 하면 성적은 어느 정도 나왔다. 하지만 중학교는 달랐다. 내가 아무리 시험 준비를 해도 시험은 빨리 다가왔다. 쪽지시험, 단원평가, 수행평가, 중간고사, 기말고사 등등 크고 작은 모든 시험들로 나는 금세 초등학교에서의 생활이 다시 부러워지고 초등학생의 생활이 더 그리웠다.

2. 위기의 순간을 절호의 기회로

조암중학교로 배정을 받은 학생은 동급생 중 나뿐이었다. 나는 당연히 예상은 했지만 이 정도일 줄은 몰랐다. 말을 걸어줄 친구가 없을 까봐 두려웠다. 하지만 이번 기회에 더 많은 친구를 사귈 수 있는 절호의 기회라 긍정적으로 생각하니 안심이 되었다.

그렇게 예비소집일 날이 되었다. 학교에 가니 모두 처음 보는 친구들이라 두려워서 쉽게 다가가지 못했다. 결국 그날은 단 한 번도 얘기해 보지 못했고 정식으로 중학교에 간 입학식 날 내 앞과 뒤에 앉은 친구들과 간신히 얘기하는데 성공했다. 부모님들은 '입학식이 어땠니?'라고 물으셨고, 나는 '조금 힘들었다.'라고 말했다.

친구를 만들기 위해 나는 방송부에 들어가기로 결심했다. 초등학생 때도 방송부를 했기 때문에 방송부를 모집하는 공고가 붙자마자

신청하였고 면접을 보러 갔다.

같은 반인 민태와 함께 면접을 보았는데 나는 아나운서를 보았고 민태는 엔지니어를 보았다. 그렇게 며칠 뒤 합격했다는 문자가 오고 방송실로 가 보니 선배님들이 아주 많았다.

방송부 선배님들도 항상 자상하게 도와주셔서 너무 감사했다. 그리고는 도서관에 가 보게 되었고 우리 반이었던 승탁이가 도서부원이어서 항상 쉬는 시간이 되면 도서관에 가 책을 읽으며 놀았다.

그렇게 책쓰기 동아리에도 들어오게 되었다.

3. 우리들을 나누는 기준

시험은 우리들을 힘들게 만든다. 시험을 보기 위해 공부를 하는 것은 아니지만 우리는 모두 시험을 위해 공부를 하고 내신 준비에 목숨을 건다.

기분이 아무리 좋아도 성적 얘기만 나오면 우리들은 꿀 먹은 벙어리인 듯 마냥 조용히 입을 다문다. 시험은 우리들에게 있어 우리들의 등급을 나눠주고 우리를 평가하는 요소가 된다.

시험기간이 되면 학원에서는 보강을 하고 학교에서는 자습시간을 많이 줘 공부를 할 수 있게 해 준다. 하지만 그런 시험은 너무 자주 찾아온다.

수행평가-시험-방학이 우리들 중학교 생활의 전부라고 해도 될 정도로 많은 비중을 차지한다. 방학이라고 펑펑 놀 수 있는 것도 아니다. 다음 시험을 준비하거나 수행평가나 숙제들을 마무리하기 위해 방학은 금방 흘러간다. 시험기간이 되면 우리들은 바빠진다. 활기차게 시끄럽던 쉬는 시간은 공부를 한다고 쥐 죽은 듯 조용하고, 나가 뛰어놀던 점심시간의 운동장은 전에 비해 조용하다.

'인생은 시험이다.'라는 말이 와 닿는 순간이다. 그렇게 시험이 끝나고 일주일 정도면 결과가 나온다.

신나게 놀다가도 결과를 보면 꼭 죄를 지은 듯이 조용해지고 숙연해진다. 그렇게 결과를 받고 성적표가 나오면 무언가 아쉽다. '그때 조금만 더 할걸.'이라는 생각이 든다. 시험 결과가 아무리 좋게 나와도 당연히 드는 생각이지만 그 생각들은 우리의 힘을 빠지게 한다.

시험이 끝나면 수행평가가 기다리고 있어 제대로 쉴 수도 없다. 하지만 시험이 없다면 우리들은 공부를 하지 않고 그렇게 되면 학년이 올라 갈수록 공부는 손을 놓을 것 같아 시험은 우리에게 힘들긴 하지만 꼭 필요한 것이라고 생각된다.

책쓰기부여서 반 강제로 처음에는 글을 쓰기 시작했지만 숙제로 중학생의 마음에 관한 글을 쓰며, 옛 추억도 떠오르고 뜻깊은 시간이 된 것 같았다. 글을 쓰며 그때 느꼈던 감정들을 다시 한번 생각해 보았다. 책을 쓰면서 귀찮은 순간도 있었지만 글을 쓰면서 내 마음을 정리할 수 있는 계기가 되었다.

　　초등학교 때 방송부와 밴드부를 했고 지금은 방송부만 하고 있습니다. 저는 친구들과 잘 지내고 있으며, 앞으로도 많은 친구들과 만나면서 즐거운 학교생활을 하고 싶습니다. 감사합니다.